沈枫从口袋里摸出一卷葡萄味曼多思，
伸手，递到她面前。

你买糖去了呀？

吃不吃？

吃！

殷思秋，今年秋天，你想我了吗？

欢迎你，
来到**我的世界**。

她是领着他走出黑暗森林的**太阳**。
是一道能**穿破宇宙**靠近他的星光。

●REC

80FPS | 60Mbps

殷思秋，高考加油。

你就是**我的世界**里，

那一季喜出望外的**秋天**。

能听到吗？

你要记得等等我。

殷思秋，下辈子，我们一起长大。

有爱的青春陪伴者

过秋天

Guo Qiutian

木甜 · 著

四川文艺出版社

图书在版编目（CIP）数据

过秋天 / 木甜著 . -- 成都 : 四川文艺出版社，
2023.11
　ISBN 978-7-5411-6716-4

　Ⅰ. ①过… Ⅱ. ①木… Ⅲ. ①长篇小说－中国－当代
Ⅳ. ① I247.5

中国国家版本馆 CIP 数据核字 (2023) 第 191029 号

GUO QIU TIAN
过秋天

木甜 著

出 品 人	谭清洁
责任编辑	梁祖云
特约编辑	娄 薇
装帧设计	Insect　唐卉婷
责任校对	段 敏

出版发行　四川文艺出版社（成都市锦江区三色路 238 号）
网　　址　www.scwys.com
电　　话　0731-89743446（发行部）　028-86361781（编辑部）

排　版	长沙大鱼文化传媒有限公司		
印　刷	长沙鸿发印务实业有限公司		
成品尺寸	145mm×210mm	开 本	32 开
印　张	9.25	字 数	215 千字
版　次	2023 年 11 月第一版	印 次	2023 年 11 月第一次印刷
书　号	ISBN 978-7-5411-6716-4		
定　价	42.80 元		

目 录

目　录

第一章 🍃 立秋

「当我跨过沉沦的一切，向着永恒开战的时候你是我的军旗。」

——王小波

01

白术镇和海城的秋天，仿佛是两个迥异的季节。

海城是东部临海城市，地理书上说，这里属于亚热带季风气候，四季分明，秋天就是秋天。落一场雨后，路边梧桐树叶一地飘黄，昭示着季节变换。

但白术镇却不是这般。

英语课，殷思秋撑着脸颊望向窗外。

明明老师的声音清晰入耳，她心里想的却是，什么时候才能再见到白术镇的秋天呢？

没有满地落叶，也没有秋风萧瑟。

某日，睁开眼，好像一夜之间就从夏日穿越到了冬天。

沈枫一定没有见过吧？

殷思秋扭过头，悄悄瞥了一眼最后一排。

沈枫坐在最后一排靠窗那个座位，距离她相隔了整整半个教室。

此刻，少年好似也没有在认真听课，水笔压在右手虎口处，有一下没一下地打转。他低眸敛目，悄无声息地神游天外。

少年五官生得极为漂亮，眉清目秀、唇红齿白，穿一身校服白衬衫，解开领口第一颗扣子，露出半截脖颈，肤色和脸一样莹白，兼具疏离感与脆弱感。

完全是漫画里走出来的美少年，光风霁月又无限迷人。

秋日阳光从窗外洒进来，正悄悄亲吻他脸颊。

殷思秋不自觉地恍了神。

"殷思秋！"

讲台上，英语老师停下讲课，重重拍了下桌子："你站起来。"

被点到名，殷思秋整个人一僵，条件反射般转回头来。

她压了下掌心，在老师微妙的表情中，惴惴地站起身。

顿时，班上所有人的视线都汇聚到她身上。

沈枫也在看自己吗？

他会不会发现自己刚刚回头了？

英语老师绝对想不到殷思秋心里在想什么，自顾自地痛心疾首："现在你们都已经高三了！高考已经迫在眉睫！没多少时间了！上课居然还走神！殷思秋，你自己说说，你像不像话？"

殷思秋垂下眼，揪着衣摆，声音细若蚊蚋。

"……不像话。"

底下稀稀拉拉传来几声笑。

"啪！"

英语老师又拍了下黑板。

"笑什么笑？你们怎么还笑得出来呢？老师都快要急死了！好了，不浪费课堂时间，殷思秋，你拿着笔记本，站到最后一排去听课，自己反思反思。如果教室后面有什么很吸引你的东西，你自己一个人去看吧，别转头影响其他同学。"

"……"

殷思秋没办法，只能拿起笔记本，慢吞吞地往教室后面挪去。

她在教室后面那块黑板前站定。

高马尾垂在脑后，衬得她脖颈修长。加上站姿笔挺，动作略有些拘谨，看起来很是乖巧。

英语老师看了一眼，终于满意。

不多时，课堂又恢复往日沉闷有序的气氛。各种英语单词、句型，从耳边飘过，像是石子打在水面，激起几圈涟漪后，便再也消失不见。

殷思秋再次走神，视线往沈枫那边而去。

因为被罚站，她距离最后一排位置近了很多，不必再扭头，也不必再小心翼翼。

侧个身，大概也就两大步距离，就能够到沈枫了。

可是，殷思秋好像永远走不完这两步。

殷思秋今年十七岁。

这是她悄悄关注沈枫的第四年。

两人之间隔着看不见的一堵墙，漫长又坚固，密不透风到叫人近乎绝望。

初二那年，殷思秋的奶奶去世，她不得不搬离那座叫白术的小镇，和父母一起到海城生活。

这是殷思秋第一次到大城市来。

高楼大厦鳞次栉比，汽车川流不息。所有的一切，完全是电视剧中的画面，仿佛乱花迷眼。

她觉得新奇不已。

可惜，没兴奋几天，殷父已经给殷思秋办好了转学，让她转到海城实验中学上学。

殷思秋的户口还在白术镇，因为异地考试政策，没有办法参加海城中考。

海城实验中学是私立学校，从小学到高中都有。只要交够借读费，外地学生也能一路直升上去，直接跳掉异地中考这关。

殷家父母都是海城普通打工一族，经济并不十分富裕，但为了这个独生女儿，还是掏出多年存款供她上学。

海城实验中学的教学进度和小镇完全不同。

殷思秋在白术镇上学时，一直勉强算是优等生，但到这里，中途插班进去，完全不能适应。

她语文不错，数学也还可以弥补，英语却差了同班同学一大截。

毕竟，小镇的师资力量不比大城市，老师也不太注重口语和听力，大多主讲语法和阅读。

殷思秋第一次被点起来读英语课文，张口就露了怯。

旁边传来稀稀落落的笑声，称不上不怀好意，但总归叫人尴尬。

她脸颊通红，垂下头，恨不得将自己埋起来，当一只沙丘鸵鸟。

此时，班上同学都已经同班快两年，各自都有小团体、好朋友，并不能那么快接纳一个外来新成员。

殷思秋独来独往几周，父母工作忙，同学之间找不到话题，越发觉得自己和大城市格格不入，整个人都变得有些忧郁了。

她想念奶奶，也想念白术镇的朋友们。

转折发生在期中考试后。

班上开始换座位。

班主任十分自由民主，让大家自由组合，两两一座。

殷思秋没有朋友，只能拎着书包，手足无措地站在教室最后排，瞧着这一派热闹景象。

班级人数是偶数，最终，总会剩下一个人，可以和她同桌吧？

她自暴自弃地想。

果然，最后，全班只余一个空位，就在最后一排靠窗的位置。所有人都放下东西落座，唯独那一处没有人去坐。

殷思秋迟疑数秒，脚步犹犹豫豫，往那空位方向挪去。

她知道那个座位旁边的人是谁。

——沈枫。

他和她一样，算是班上的隐形分子。

一样，却也不一样。

她是无处可依。

而沈枫，是游离于人群之外。

同班几周，殷思秋已经知道，沈枫常年年级第一，还生得一副姣好容貌，风姿绰约，荣登海城实验中学校草宝座，从小学部到高

005

中部无一敌手。有时候，连外班女生都会常到他们班级后门口偷偷看他，或是带些小零食来，放到他桌上。

但沈枫从来不收，全部随手丢进垃圾桶。

据殷思秋观察，他好像是不会说话，平时也不与同学和老师交流，只坐在自己位置上看闲书或是趴在桌上休息。

一个生得那么好看的哑巴，实在叫人惋惜。

终于，殷思秋停下脚步，鼓起勇气，拉开了沈枫旁边那张空椅子。

她抿了抿唇，冲着对方的后脑勺，轻声问道："那个……请问我可以坐在这里吗？对不起打扰你，但是已经没有别的位置可以坐了……"

沈枫依旧脸朝窗台，一动不动地趴着，没有丝毫反应。

"……"

就在殷思秋快要站不住时，他屈起手指，漫不经心似的轻轻叩了下桌面。

殷思秋一顿。

所以，这是答应的意思吗？

反正也不管是不是了，她立刻抱着书包，稳稳坐下，出声道谢："谢谢你！"

当机立断，让一切尘埃落定。

两人就此成了同桌。

一个是不会说话的俊朗校草。

一个是没有朋友的边缘转校生。

这种奇妙的同桌组合，从初二一直持续到两人初三毕业，直到全年级重新打乱分班之后，才堪堪结束。

对于殷思秋来说，忍不住关注沈枫，好像是一件必然的事情，不需要费任何心思和力气，自然而然就这么轻易发生。

沈枫屈指叩桌的动作，拯救了一个小姑娘薄弱的自尊心和脸面。

他从不会在妲念单词磕磕巴巴时，发出不合时宜的笑声，也不会偷偷在背后说她是乡下来的野丫头。

他那些满分考卷和笔记，从不吝啬于被她借去参考。

或是……沈枫望向窗外时，那优越的脸部弧线、高挺的鼻梁、紧抿的薄唇，沉静又淡漠，符合所有少女心幻想。

桩桩件件，都能叫殷思秋沦陷。

可是，他俩相隔的距离，好似天地一样遥远。成绩、长相、家庭，皆是天差地别。

还有沈枫那铜墙铁壁一般，永远无法让人走入的内心。

同桌一年多，殷思秋对沈枫说过无数句"谢谢"，实则每一句"谢谢"背后，都藏着少女无法言说的情愫。

她将那些悉数整理妥帖收藏好，而后，深埋于心底。

沈枫是殷思秋的梦想，是她孤独荒芜的少女时代里，最后一朵玫瑰。

他拯救了她。

可她却无法停止痴心妄想和心怀不轨。

所以，这件事，不能说给任何人听。

"丁零丁零……"

不知不觉中，下课铃响起。

英语老师合上考卷，指挥课代表去办公室拿今天的家庭作业，宣布下课。

教室一下子吵闹起来。

高三刚开学没多久，暑假余韵尤在。虽然家长和各科老师都开始耳提面命，但说到底，同学们都还只是半大少年，擦着成年的边儿，改不了抓紧每分每秒的无人监督时分，闹上几出玩笑的习惯，在高考重压下，也算是一种放松了。

丁晴从位置上站起来，蹦蹦跳跳，小跑到殷思秋面前。

"秋秋！"

殷思秋还在走神，被丁晴吓了一跳，霎时间，表情有点慌乱。

她手指不自觉地攥紧了笔记本，张了张嘴，应声："……嗯。"

丁晴狐疑地眨了眨眼睛，不明所以，随口问道："你在想什么呢？傻站着发呆半天？"

殷思秋摇摇头："没、没什么。"

丁晴一贯大大咧咧，心思不够细腻，不会打破砂锅问到底。她"哦"一声，晃了晃手里的水杯，问："去打水吗？"

殷思秋："行。"

"后门等你。"说完，她蹦蹦跳跳往后门走去。

殷思秋回到座位，将英语笔记本放进课桌，又从书包里摸出空水杯。

书包夹层里，还有两卷葡萄口味的曼妥思糖。昨天放进去的，没有拆过封。

她想了想，拿了一卷出来，攥在掌心。

路过教室后排时，殷思秋在沈枫桌前停顿一條。

"嗒！"

整卷曼妥思碰到桌面，发出一声轻响。

殷思秋的声音飘飘荡荡，似是带着一丝不自知的颤音。她低声说："沉枫，那天……谢谢你啊。"

"……"

不出所料，没有得到回答。

沈枫不会说话。

但是没关系，他不会把她的糖丢掉。

殷思秋可以确定。

因为，这是两人认识四年多来，唯一称得上"默契"的地方。

丁晴还站在走廊里等。

殷思秋赶紧快步走过去。

她步子迈得很大，马尾坠在脑后，一晃一晃，折着秋日阳光柔和松散的味道。

教室后排，沈枫默默收回视线。

等殷思秋到自己面前后，丁晴才往教室后门方向瞟了一眼，神秘兮兮地问："秋秋，你刚刚和沈枫说什么呢？"

丁晴不是从海城实验中学的初中部直升上来，而是中考之后才进了海城实验中学高中部，自然对沈枫和殷思秋那些往事并不够了解。

殷思秋摇了摇头，轻声解释："上次我不是没带《英语周报》嘛，后来问沈枫借了复印的。所以跟他说谢谢。"

那天也是意外。

高三一开学就组织了第一次摸底考试，殷思秋成功考砸。

出分数那个周末，班主任打电话给她父母，将情况仔细说明。殷思秋的父母工作繁忙，为留在海城、为一家人生计日日奔波，没有时间斥责她，只让她自己反思。

她心情郁结，对未来也有点茫然无措，以至于连周末的家庭作业都忘了放进书包，一直到周一人到学校，才将这件事想起来。

殷思秋一贯到得很早，但要折返回家再去拿，明显不现实。

这会儿，教室里还空空荡荡。

清俊少年独自坐在最后一排，手里拿一本小说，十指修长、指节分明，目光却遥遥落向窗外。

倏忽间，殷思秋脑中闪过一个念头。

如果问沈枫借一下……用白纸挡住答案，拿去老师办公室复印一份重新做不就好了吗？反正，初中那会儿，两人坐同桌时，也不是没有问他借过作业。

殷思秋眨了眨眼。

只不过，这个想法一出现，重点好像就从"复印《英语周报》完成作业"变成了"问沈枫借《英语周报》"。

这世上一切事情，只要加上了"沈枫"两个字，对她来说，可能就是最最最重要的事。

殷思秋深吸一口气，转过身，鼓足了勇气，往最后一排走去。

两人距离渐渐拉近。

她放慢脚步，眯了眯眼，看向沈枫手上那本书。

黄色封底，封面上印了一座教堂，旁边是"罗马"两个大字，还有一列更小的字体竖排着——"一座城市的兴衰史"。

海城高考是"3+1"模式，三门主科加一门自选科目，数学卷再分文理。为了抓紧时间备战高考，海城实验中学高二就会分班。除了一批确定出国的学生进入国际班，其他学生各自按照选择，进入物、化、生或是政、史、地，每个学科再分成三个班级。

沈枫和殷思秋都在化学 A 班。

显然，化学班的考试内容和罗马兴衰史扯不上什么关系。

但对于沈枫来说，看点杂书，也无法撼动他遥遥领先的年级第一的位置。

如果不是因为不能说话，他或许已经在准备下学期的清北自招了。

这样想来，弥足可惜。

从十四岁起，殷思秋一直都很清楚，两人之间差距有多大。

这种差距不是靠她拼尽全力，选择不怎么擅长的理科，选择化学班，努力考到 A 班，离沈枫近一点，就可以弥补的。

有些人，生来注定只能仰望。

许是因为殷思秋在不远处停顿太久，沈枫似有所感，侧过脸，将目光从窗外移回来，落到她脸上。他眼神清清淡淡，像是完全不带任何感情。

殷思秋当即垂下眼，反复做了几次深呼吸，攥着拳头，三两步跨到他桌前。接着，她才低声开口道："沈枫，那个……《英语周报》我忘记带了，能不能借你的去复印一份？"

离上早自习还有一阵，现在做还来得及。

沈枫几乎没有任何迟疑，静静地将《罗马》翻过来，倒扣在桌上，而后从台板里抽了《英语周报》出来，放到殷思秋面前。

《英语周报》被他折成作业本大小，正面是一整篇阅读。

学霸可能不需要笔记，文章里头一道关键词画线都没有，空白干净，只在报纸顶端写了"沈枫"两个字。

沈枫的字很漂亮，不是女生那种秀气端正，更偏向有点潦草的行楷，看起来锋利又大气，一撇一捺都很有力，力透纸背。好似一把利刃，破空而来，和他本人这种"边缘"性格丝毫不像。

殷思秋看到过很多次，但每一次再见，还是会觉得心脏"怦怦"跳。

总归是觉得他无处不好，仿佛整个人坠入了猎人的陷阱之中。

不过，她控制得很好，从不会在沈枫面前流露出什么迹象。

没再多想，殷思秋将那张《英语周报》拿起来，小心翼翼地开口道谢："谢谢。那个，我一会儿复印好顺便帮你一起交上去吧。"

顿了顿，她又在口袋里摸了摸，却没摸到糖卷。

殷思秋很喜欢葡萄口味的曼妥思糖，平时经常会在身上带一卷，趁着老师不注意，偷偷放一颗进嘴里。

甜味在口腔里迅速弥漫，叫人心情不由自主好起来。

初中同桌时，她也试过给沈枫分享。

如果拿一颗给他，他绝对不会摊开掌心。但如果连包装整卷放到他桌上，他就不会拒绝。

可惜，那天因为摸底考试，殷思秋一直有些神游天外，也没心思带糖，只得咬了下唇，迟疑半晌，再次开口："下次请你吃糖。"

于是才有今天那么一说。

殷思秋没有给丁晴解释得那么仔细，只粗略讲了几句。

说话的工夫，两人已经来到水房。

海城实验中学是私立院校，设施完备。几栋教学楼里每两层就有一间大水房，里头都是标准过滤的净水，一排二十个口，冷热水都有，平时不用排队，保证同学们时时刻刻能打上水喝。

殷思秋他们进入高三之后，高中部的走廊和教室都装了监控。虽然有人传说除了考试，平时不会打开，但慑于摄像头的威慑力，到底还是让人心慌意乱，不敢胡闹。

于是，水房就成了下课时分学生聚众玩手机、聊八卦的好去处，整天都是闹哄哄一片。

殷思秋和丁晴两人并肩走进水房。

里面吵吵闹闹的。

丁晴似乎被这种气氛感染，灵光一闪，凑到殷思秋旁边，同她咬耳朵："我之前听别人说，沈枫以前会讲话的，不是哑巴啊。"

殷思秋微微一怔。

丁晴没有注意到她的反常，继续说："据说好像是初二开学之后，他就再没讲过话了。秋秋，你和他不是初中同班吗？我看你俩关系还可以，你知道这件事吗？"

殷思秋摇摇头，垂着眼，将水杯盖子拧紧，据实以告："我初二下学期才转到'海实'的，不太清楚哎。"

丁晴撇撇嘴，佯装叹了口气。

"可惜了，沈枫这么帅呢。你都不知道，高二分完班之后，我一走进教室，差点没被他的脸亮瞎！后来才知道他是哑巴，再看他，就觉得这男生有点阴郁了……秋秋，你都不知道，每次你和沈枫讲话，我都很想给你点赞哎！他看起来真的有点不好相处！怎么说呢？就……很像言情小说里那种——阴郁冰山系病娇，一言不合就放冷气刺死人的那种，很不好靠近……"

阴郁系冰山？

有吗？

殷思秋丝毫不觉得。

丁晴："真的，姐妹，你真的是我们班的第一人。你都不知道学校里多少女生几年都没敢跟沈枫说上一句话……"

此刻，两人已经打完水，走出了水房，回到走廊里。

听丁晴这么说，殷思秋脚步微微一滞，指尖不自觉地捏紧了水杯。

她声音有些飘，似乎藏着秘密："你怎么知道的呀？"

丁晴往身后努了努嘴："打水的时候听来的呗。"

"……"

这么说来，自己已经算是幸运了吗？

至少，因为初中时被排挤，得以有机会和沈枫同桌、和他说话，并得到一丝反馈。

殷思秋弯了弯眸，嘴角抿出一对小酒窝。

高三第一个学期，化学 A 班教学进度快，新内容已经讲完，直接开始第一轮复习。

化学老师就是他们班主任，姓庞，四十来岁，头发一丝不苟地在脖子处扎着马尾，戴着酒瓶底一样厚的眼镜，看起来很是严肃。A 班同学给她起了个绰号，叫"耳旁风"。

"耳旁风"每天早上准时准点踏进教室，抢早自习时间，给他们默写方程式。

"来，默写纸发下去，准备默写。别唉声叹气的！看看你们没精打采的样子！还像不像高三准备高考冲刺的学子啊？精气神是备战高考的基础，老师说的话是不是又当耳旁风了……

"笑什么笑？有什么好笑的？以后每天早上默写方程式就是惯例了，我不想听到有人默得不好，说不知道要默写！这些都是基本功，没有什么需要准备的！应该牢牢谙熟于心的，知道了吗？"

得到肯定答复，庞老师终于满意。

她转过身，在黑板上写下大大两个字母。

——Fe。

"来，离子式。都还记得吧？"

……

对于一些可以死记硬背的内容，除了英语，殷思秋都还算可以。

有时候，她免不了庆幸，还好沈枫选了化学。

要是选物理，那她可真是只能抓瞎了。

殷思秋在心里自嘲地笑了笑，沉下心来，笔尖落到默写纸上，流畅地写下第一串离子式。

不一会儿，她放下笔。

"时间差不多了，来，把默写纸从后往前传。"

待得"耳旁风"将默写纸收齐，又随手打乱次序，再一排一排随机发回去。

她一边发，一边解释道："现在进高三了，老师的时间也紧，没时间一个一个抓你们默写。发下去，随便拿一张，一会儿跟着我一起复习一遍，再帮你手上那个人的批改一下，正确的就打钩，错的话给他把正确的离子式写上去。

"注意啊！要是有人帮着修改答案骗老师，那不是帮同学，是要害死同学！到高考的时候，我看哪个阅卷老师会好心帮你们改答案……

"所以批改好最后要写上自己的名儿！让那个同学看看，是哪个人想害死他。以后有冤的报冤，有仇的报仇，好找对象。"

一整个早自习，在默写、批改中度过。

化学课代表将批改过的默写纸收回，再一个一个发回去。

悠扬乐声从广播里响起，早操时间到。

恰好这会儿，殷思秋从前排拿到自己那张。

霎时间，她不由自主地瞪大了眼睛。

公式只错了一个。

那人用红笔给她写上了正确答案。字迹熟悉又漂亮，看不出丝毫冷漠疏离。

默写纸最后，也还是那个熟悉签名。

——沈枫。

"秋秋？出操了，怎么还不走啊？"

前面，丁晴朗声呼唤殷思秋。

"……马上就来！"

殷思秋应过声，低下头，将那张默写纸小心翼翼地夹进书中，宛若无价珍宝。

02

只是，浪漫巧合好像仅此一次。

之后几周早自习默写，殷思秋再没拿到过沈枫的批改，也不曾拿到沈枫那张满分默写纸。

什么缘分、什么注定，仿佛都只是一片黄枫叶意外掉入平静的河水之中，泛起丝丝涟漪，然后便不见踪影。

或许，罗曼蒂克本就只是依托旖念与妄想而生，从来不讲什么道理。

转眼间，已是十一月上旬。

海城进入深秋时节。

殷思秋怕冷，在校服外面还会再套外套，把自己裹得严严实实。

她身体纤瘦，到海城这几年，许是因为青春期，倒是稍微长了点肉，但一进高三，短短几个月，很快又瘦了回去。

加之，她个子已不矮，远远看过去，整个人呈现出一种伶仃羸弱气质，哪怕穿得再厚重也挡不住。

对此，丁晴打心眼里羡慕。

"秋，你也太瘦了吧！"

操场上，萧瑟秋风扑面而来，将冬日凉意提前尽数奉上。

两个小姑娘各自拎一杯奶茶，肩并肩，晃晃悠悠地往教学楼方向走。

丁晴抓着殷思秋，将她的衣袖往上撸了一把，再轻轻捏了捏她小臂。

她忍不住感叹："你再这么瘦下去，熬不到高考就要歇菜了。你看看你看看，我捏一下你手腕，都感觉快要折断了。别再瘦啦，给我们这种喝水都发胖的女生一点活路好不好？"

殷思秋笑吟吟地看着她，满脸无辜："可是，我也没办法呀。"

海城冬天湿冷，本该是食欲大开的时候，但高三压力太大，什么美味珍馐到面前，都让人有种食不下咽的效果。

殷思秋在小镇长大，从记事起，就由奶奶带大。

老人上了年纪，动作颤颤巍巍，却还得仔细照顾一个小姑娘的三餐衣食。

殷思秋称不上多懂事早慧，但也知道心疼奶奶，不可能挑三拣四地折腾人，一般都是有什么吃什么，简单好对付，也能杜绝浪费。

因此，殷思秋从小就养成了不挑食的好习惯。

可是吃不下就是吃不下，食欲不振也着实没有办法。

好像多吃那么一勺饭，转头就能吐出来一样。

殷思秋无可奈何，只得宽慰自己，估计是压力太大，高考完就好了。

而且，瘦点漂亮嘛。

她坐在沈枫视线前方，但凡他往前面扫一眼，就能看到她。

从背影来想象，当然是脖颈修长、骨架纤瘦，会更为好看一些。

作为一个心思敏感的女孩子，总免不了胡思乱想，抽空在脑子里制造一些可能性，以期盼着幻想实现那一天。

只要沈枫能给她一个眼神，就能心满意足。

但在那个眼神里，殷思秋希望，自己是最完美的样子。

思及此，她将奶茶拿起来，轻轻抿了一口。

甜腻味道在口腔中蔓延，从喉咙一直暖进胃里。

不多时，又一阵风吹来。殷思秋缩缩脖子，同丁晴说："我们走快点吧。"

丁晴长长地叹了口气，嘟嘟囔囔："……真不想去上自习。"

海实有惯例，所有高三生都得到教室上晚自习，无论走读生还是住校生，时间是从晚上七点到九点。

大部分同学都怨声载道，殷思秋倒是觉得没什么，甚至还挺乐意。

因为晚自习没有老师坐班，只有值班老师在走廊巡逻。教室里没老师看着，她就能偷偷回过头去，瞄沈枫几眼。如果蓄足勇气，她还能猫着腰悄悄跑过去，问他借一份考卷参考一下。

两人抵达教室时，距离晚上七点还有十分钟不到。

教室里闹哄哄的，同学们三三两两凑在一起，抓紧最后几分钟谈天说地。

殷思秋同丁晴珲挥手，回到自己座位上。

奶茶刚放下，班长周家奇已经走到她旁边，往她桌上放了张表格。

"殷思秋，这个要签名。"

殷思秋有点不明所以，扫了一眼："班长，这是什么？"

周家奇："海实考生的户籍信息确认，给学校备份用的。主要核对一下自己的身份证号和户籍地址，没错的话签名表示确认就行。"

殷思秋轻轻"哦"了一声，表示了解。

去年，殷父殷母终于拿够了落户积分，贷款在海城郊区买了套小房子落户用。殷思秋的户口自然也跟着一同从白术镇迁过来，有资格参加海城高考了。

不过，因为郊区的小房子太远，他们还就近住在出租房里，对那边的地址不是很熟悉。

殷思秋循着回忆，仔仔细细对了几遍。

确认无误后，她的视线往下挪了一格，落到身份证号上。

她用指腹一个数字一个数字地蹭过去。

倏地，她的动作停顿下来。

周家奇还站在旁边等她，见状，随口问了一句："哪里不对吗？不对的话你拿笔改一下。"

闻言，殷思秋耳垂泛起一丝殷红，连忙摇摇头，拿笔签字："没有，没有不对。"

……她只是不小心，在表格下排扫到了沈枫的身份证号。

身份证号里包含出生日期——1019。

十月十九日。

这是沈枫的生日。

殷思秋认识沈枫这么多年，从十四岁到十七岁，马上就要进入十八岁，她却是现在才知道对方的生日。

沈枫不会说话，也不和同学们一起玩。他人不好接近，当然不会也没有机会向谁透露生日。

殷思秋一直没勇气问，生怕自己显得太过古怪，让沈枫对她避之不及。

现在，两人都快要毕业，她终于知道了。

原来就在大半个月前。

晚自习上课铃响。

周家奇将表格收走，又去找下一个人签名，顺口喊了一声："安静安静，都坐下哈，别说话了朋友们！"

班上渐渐安静下来。

殷思秋却变得有些坐立难安。

今天作业还有不少，复习和背诵也都还没有做。

可是，她却捧起脸，盯着黑板，神游天外。

要不要给沈枫补一份生日礼物？

不，不该叫补，应该说要不要给沈枫送一份生日礼物？

殷思秋可以肯定，自己考不上清华，也考不上北大，注定高中毕业之后，就要与沈枫分道扬镳。

或许，这辈子都不会再见。

她年少的这一份心动，持续了四年，但最终都会化为青春岁月里的回忆，随着时间流逝而渐渐褪色。

这样想来，就觉得十分残酷。

很多事，现在不完成，不会再有下一次机会。

就像给沈枫送一份生日礼物，可能是第一次，也是最后一次。

与其说是给沈枫送礼，倒不如说，是为了完成一种仪式感，让自己能多留点美好回忆，以后也不留遗憾。

踟蹰良久，殷思秋终于下定决心。

夜凉如水。

晚上九点整，海实的高三学生准时结束晚自习。

殷思秋背起书包，同丁晴匆匆告别，迫不及待地快步离开教室。

商场十点关门，现在赶过去还来得及。

她打算今天挑好礼物，明天第一个到教室，然后偷偷塞进沈枫的台板里。

署名……还是要署名。

要不然，肯定要被他丢进垃圾桶。

但是沈枫没有丢过殷思秋给他的东西，什么糖啊、水啊、文具之类，两人同桌时，她都会不经意给他推过去一份。

好像确实没有被他扔掉过。

这是不是代表自己还是有一点点不一样的？

晚上九点二十。

殷思秋气喘吁吁地大步迈进商场。

可能是步子太快，她总有种呼吸接不上来的感觉。她站在商场门口，缓了好久，才慢慢往电梯方向走去。

临近关门时间，商场里，各个店铺都已经在做收工准备。

殷思秋目标明确，直接前往四楼的电子用品店。

她打算送一副蓝牙耳机给沈枫。

因为，有一次她在校门外看到沈枫，注意到他戴着耳机在听歌。

他是哑巴，不会说话，无法和外界交流。所以，应该会喜欢听歌吧？算是接收一些声音？

而且，蓝牙耳机的价格也合适，作为同学之间的礼物，不会显得太奇怪突兀。

刚刚好。

这样想着，殷思秋不自觉地抿出一抹笑意。

耳机店，店员已经在拖地。

见到有人进来，那店员直起身，看她一眼，客气地开口："同学，要买耳机吗？有什么具体需求呢？需不需要给你推荐几款？"

闻言，不知为何，殷思秋脸颊有点烫，但还是轻声讲了一下自己的想法。

"……要男生用的，音质好一些，然后价格……"

店员抬起手，从货架上拿了几款下来，放在柜子上，供她挑选。

半晌，殷思秋终于做出决定，选了一款黑色的。

她仰起头，眼睛晶亮，像是能看到波光涟漪："就这个，请问哪里付款呢？"

店员："这里。"说着，指了个方向。

殷思秋跟着她往柜台那边走去。

不过十来步距离，没想到，意外就在此刻发生。

大理石地砖上，水渍未干，殷思秋没有注意到，直愣愣地一脚踩了上去。

顷刻间，她身体不受控制，重重往地上倒去。

脚踝传来一阵剧痛。

"咝！"

次日早自习结束，丁晴还是没能等到殷思秋。

她憋不住，又不敢把手机拿出来，只好去问周家奇："班长，殷思秋今天怎么还没有来啊？'耳旁风'跟你说了吗？"

她声音不大不小，但也能顺利传到最后一排。

沈枫捏紧笔，呼吸停滞半秒。虽然他的表情看不出丝毫变化，却像是沉了心在等待什么答案。

周家奇："说了，说她脚崴了，第二节课再来。"

第一节课是体育课。

丁晴"啊"了一声，皱起眉："脚崴了？什么时候的事？昨晚不还好好的吗？"

周家奇耸耸肩："你等她来了问她呀。"

"……"

无人在意的角落里，沈枫的眉头轻轻蹙了起来。

早上八点二十多。

海城是个好天气。

秋末阳光透过素色窗帘，悄悄钻进卧室，将整个空间都晒得暖洋洋。

殷思秋睁开眼。

四周一片安静。

父母早就已经出门上班，只剩她一个人在家。作为高三生，也是难得有机会睡到这个点。

拜这个脚伤所赐，她能逃掉一次早自习默写，能请假一节课，

还能好久不用顶着冷风下楼去出早操等，对于学生来说，确实说不清是福是祸了。

总归，能偷懒晚起一天，也不错。

殷思秋翻身下床。

一夜过去，脚踝的痛感已经消散许多，只留下一丝阵痛，混合着冰袋凉意，冻得人模糊不清，也难感知清晰。

昨晚，她在商场意外摔倒之后，还是那个耳机店的店员打车送她去了医院。

临近晚上十点，时间已经太晚，医院只有急诊科医生。

那医生摸了摸她的脚踝，又让她左右动了几下，简单做出判断："扭伤，没有骨折，回去休息休息就好。"

夜色中，殷思秋扶着墙，一瘸一拐地走出医院，顺手将膏药和冰袋，连同那副攥了一路的黑色耳机，一同塞进书包里。

本来，她一路都在忧心，该如何和父母解释脚崴伤的这件事。

好在殷父殷母并没有细细责问，只关心几句，便放她回了自己房间，还帮她请了次日第一节课的假，好给她充沛时间浪费在上学路上。

毕竟小孩子嘛，跌跌撞撞不可避免。以前上山、爬树都没摔出事，平地滑一下应该更加不会有什么大问题了。

殷思秋走出家门。

这会儿，冰袋已经彻底失去效用。

她拧了拧眉，总觉得脚踝还是有点疼，干脆听从父母安排，打车上学。

早高峰尚未结束，路上有点堵。

出租车抵达海实门口时，刚好九点整打下课铃。

这个课间休息结束，第二节课就要开始，当中只有十分钟。

殷思秋目测了一下教学楼距离学校大门的距离，且还得考虑只能一瘸一拐的缓慢行进速度。

她当即停下动作，有些踟蹰不决。

下一秒，她肩上传来轻微触感，像是被人轻轻碰了一下。

她条件反射般地扭过脸去，猝不及防，对上一张清隽面容。

熟悉到自己已经在心中描绘过千万遍，却从来没有生出过任何厌倦之意。

只消一眼，就足够叫她陷得更深。

殷思秋倏地瞪大了眼睛，脑袋依旧没反应过来。

"沈、沈枫……"

沈枫怎么会出现在这里？

平时，他们下课也不会跑来校门口……难道是，他也刚刚才来上课？

然而，殷思秋很清楚，沈枫是个哑巴，所以问了也不会有答案。

她喊了一声他的名字，当即回过神来，赶紧住了嘴，怔怔地望着他。

沈枫果真没有回答，只轻描淡写地觑了她一眼。

他个子极高，将近有一米八五，站在殷思秋旁边，将她衬得更为骨瘦伶仃，还显出了点娇小迷你的味道来。

殷思秋也注意到这一道目光，却没品出什么深邃含义，只好像引得心脏轻轻战栗，叫人颇有点不知所措。

好在没给她时间多想，沈枫很快移开视线，面无表情地迈开腿，往前跨了两步，走到殷思秋的斜前方。

顿了顿，他侧过身，伸出手，将手臂压低，横在她面前，挡住她去路。

殷思秋仍旧不明所以。

沈枫没有办法说话，又将手臂往前挪了半寸。

这下，他的意思就显得尤为明显。

殷思秋意识到什么，有些讶异，但又害怕沈枫露出不耐烦的神色，忙不迭将手搭到他手臂上。

今天，沈枫在校服外面穿了一件藏青色的毛呢外套，手感极佳。皮肤触上去时，好像会有暖流从布料涌上来。

只一瞬，殷思秋的脸颊"唰"一下飞红。

沈枫对旁边人这点少女心思完全无知无觉，只静静地做好人肉拐杖，让殷思秋能撑着他手臂借力，轻松点往前走。

转眼，距离上课不过仅剩五六分钟。

两人已经不紧不慢地穿过操场，行至教学楼下。

全程，他俩身体保持着半臂距离，分外疏离的模样，只有手搭在一起。让人硬生生地从疏离冷淡中，抽出一丝熟稔亲昵的味道来。

等走进楼里，殷思秋终于将脑子里那些杂念拔除，手忙脚乱又欲盖弥彰般松开沈枫，扶住了走廊旁边的雪白墙壁。

她开口："谢、谢谢你。"

沈枫收回手，懒洋洋地插进外套口袋中。

他也没再看她，自顾自地往楼梯方向迈开步子，似乎是打算先走一步。

倏忽间，殷思秋想到一件要紧事，声音没有过脑子，直愣愣地脱口而出："沈枫！等一下！"

沈枫停下脚步，回过头。

现在已经来不及反悔，殷思秋一鼓作气，不再犹豫不决，将书包背到身前来，拉开拉链，从里面摸出一个礼物盒，捏在手中。

她停顿半秒，再往前递了一下。

殷思秋："沈枫，谢谢你……这个送给你。"

声若蚊蚋，语气也十分小心翼翼，似乎生怕他拒绝。

但这个机会刚刚好，完全是送上门来，必须抓住。若是没有今天这个巧合碰到沈枫，被他"搀扶"一程，估计，殷思秋还得筹谋一番，要如何写礼物的署名和送礼理由。

沈枫没有接。

他抬眸，轻轻打量了一下殷思秋的表情，再看向她手中那个礼物。

盒子不过手掌大小，外面包了浅蓝色的包装纸，很难猜测里面具体是什么物件。

沈枫曾经见过这种浅蓝色包装纸。

殷思秋那本单词手册外面就包了这种花色纸，经常见她拿在手上，翻了几个月，封皮好似快要被翻烂。

但纵使如此，她英语成绩还是没什么显著提升，月考、期中考都十分稳定，在班级中下游水准。

两人僵持数秒。

终于，沈枫接过了那个小盒子，转过身，继续往楼上走去。

殷思秋停在原地，抿着唇，眼睛有点酸胀，像是要落下泪来，千辛万苦才能勉强控制住。

这一刻，她好像成功将整个秋天，尽数收入口袋中。

几秒钟内，殷思秋陡然生出无尽欢喜来。

因为走路不方便，殷思秋懒得折腾，没有去食堂吃午饭。

丁晴十分仗义，独自溜出学校，帮她去外面买了一份生煎。拎进教室时，生煎盒子还是温温热热的，一打开，香味四溢。

因为是午饭时间，教室里没有其他同学在，倒也不会影响别人。

殷思秋笑起来，真诚地道谢："谢谢。"

丁晴一摆手，随意拉开她前座的椅子，与她面对面坐下。许是被生煎的香味勾引，丁晴也跟着拆了双筷子，夹走一只。

丁晴咬破生煎外皮，吮了口汤汁，满足地喟叹一声，这才想起要紧事来。

丁晴："秋，你这个腿是怎么扭伤的啊？昨天晚自习时，不是还挺好的吗？难道……你这细胳膊细腿，晚上回家还搞锻炼去了？"

殷思秋微微一愣。

迟疑数秒，她将嘴里那点肉咽下去，仰起头，觉得没必要骗好友，便轻声作答："没有，昨晚，咳，我去了一趟商场，走得急了点，地板打滑摔了。"

丁晴瞪大了眼睛："晚自习之后？这么晚了，你还去逛街啊？心态不错哦！要是被'耳旁风'知道了，非得教育你两个小时才行！"

最后几句明显是调侃。

殷思秋轻笑一声。

她尚未想好回击之词，眨眼的工夫，一道修长人影出现在身侧，将窗外自然光线遮挡。

两人皆愣了愣，齐齐抬头望过去。

不知道什么时候，沈枫竟然走进了教室，悄无声息地走了过来。

此刻，他正居高临下地看向殷思秋，眼里浮着一抹怒气。

"……"

气氛有点反常。

殷思秋和丁晴飞快对视一眼。

终于，还是殷思秋作为沈枫的老熟人，鼓起勇气，颤颤巍巍地
开口问道："沈枫，你……找我吗？"

沈枫对着她摊开手掌。

掌心躺着那副崭新的黑色耳机。

殷思秋愣住了。

什么意思？

是要还给她吗？

为什么？他不喜欢吗？

所以，早上那点悸动，终归只是妄想，昙花一现而已。不过几
个小时，就会被打回原形。

她说不出有多失望。

手臂好似有千斤重，怎么都抬不起来，去将礼物拿回来。

接着，沙哑干涩的嗓音从头顶响起，听起来十分陌生。

"……你就是为了去买这个？"

话音落下，在场三人皆是僵硬在原地。

殷思秋猛地抬起头，难以置信地看向沈枫。

刚刚，刚刚……是沈枫在说话吗？

他不是哑巴吗？

一时之间，沈枫自己也怔住了，好像完全没有意识到发生了什么。

静默良久，最终，还是丁晴第一个回过神来。

她瞪大了眼睛，看起来万分诧异，干脆利落，直接将殷思秋的

心里话问出来："沈枫，原来你会说话啊？"

沈枫紧紧抿住唇。

停顿数秒，他没再说话，只将那副耳机往殷思秋的桌上重重一扣，转过身，径直扬长而去。

徒留两个女生面面相觑。

丁晴："这、这是什么意思啊？……所以说，沈枫压根儿不是哑巴，只是自闭吗？啧啧，太牛了，什么人才能几年不讲话？"

很显然，比起耳机，她对"沈枫说话"这个爆炸信息更为好奇。

殷思秋没能立刻回应她。

小姑娘从脸颊到脖子，全部烧成火辣辣一片，甚至可以想象到，旁人看起来，她脸该有多红。

尴尬。

羞愧。

不知所措。

她抬起手，以迅雷不及掩耳之势将那耳机一把抓住，死死攥在掌心，力气大得似要将它捏碎，连骨节都因为用力而泛出青白色。

虽然教室里只有丁晴在，但对于殷思秋来说，哪怕没有任何人看到，沈枫这一举动，依旧能叫她无地自容。

明明没有露出任何破绽才是啊，只是表达感谢帮忙的礼物，也不行吗？

殷思秋不明白。

旁边，丁晴用指腹抵着下巴，还在原地纠结。

"说真的，沈枫搞得这么神神秘秘，反而引起了我的好奇心。秋秋，你说沈枫会不会是什么校长的儿子之类的？或者是什么孤僻校霸？小说里不都这么写吗？用叛逆来吸引女主角的注意力，顺便对抗一下家庭的畸形教育观念……从颜值和年级第一的成绩来说，沈枫确实担得起这个男主角人设。"

细细分析一通，却没得到好友的赞同，丁晴有些纳闷地看向殷思秋。

她这才注意到殷思秋的反常，轻轻"啊"了一声，凑近一些，表情立马变得着急起来，叠声问道："秋秋，你怎么了？怎么哭了啊？"

殷思秋低垂着脸，眼眶通红。

殷思秋生得可爱，不仅仅是眼睛浑圆，从脸颊线条到五官都毫无攻击性，组合在一起，就是一派柔和长相。再加上人最近又消瘦些许，从丁晴这个角度看过去，殷思秋咬着唇、眼角含泪的模样，完全称得上楚楚可怜，惹人怜爱。

丁晴的性格大大咧咧，骨子里很有点男孩子气，见好友这副样子，哪怕不明所以，硬生生也生出了豪情万丈来。

她一拍桌子，震得桌上的生煎外卖盒都跳了一下："怎么回事？谁欺负你？沈枫？他是不是把你耳机弄坏了？私下找你麻烦了？我帮你去揍他！"

殷思秋被问得蒙了一下。

她吸了吸鼻子，磕磕绊绊地答道："没、没有啊……没有人欺负我……"

丁晴："那你哭什么？"

"……"

哭什么呢？

其实，这个问题，殷思秋也想问自己。

沈枫一直是那样的，不是吗？

明明，他对所有人都是那样，疏离又淡漠，像天上星、水中月一样，清冷而遥不可及。

与他做了几年同桌，殷思秋早就见过他丢掉一批又一批的礼物，丝毫不留情面。

这次，他并没有直接把耳机丢掉，只是还给她而已，可以说已经很照顾同桌和同学情谊了。

事实上，殷思秋突然要找借口送沈枫礼物，单纯只是为了圆自己的梦，让自己未来回想起来，还能戏谑一句，曾经给暗恋对象挑选生日礼物，想来都觉得满是欣喜，云云。

所以，被拒绝了，又有什么值得她流泪委屈呢？

她，和她们，从来就没有什么不同。

她们都只是万千迷恋月光的星星中微不足道的一颗，于月亮来说，从来不会有什么差别。

霎时间，殷思秋好像彻底醒悟过来。

她将耳机收进书包，抬手用力擦了把眼泪。

"没有啊，就是刚刚突然一下，脚有点疼，生理泪水……晴晴，不要担心，没事，现在已经好了。"

殷思秋本来就不是伤春悲秋的人。

只是因为，对方是沈枫。

想通了就好。

反正，暗恋这回事，从来不会因为得不到回馈而按兵束甲、半途而废。

殷思秋红着眼睛冲丁晴笑了一下，没再多说什么。她夹了一只生煎，低下头，悄无声息地开始吃饭。

殷思秋的眼睛像是被春雨冲刷过一样，清澈明亮，还带着一丝执着倔强。

在她这个笑中，丁晴倏地熄了火，慢慢坐下身，知趣地没有追问下去。

03

午休结束后，沈枫还是迟迟没有回教室。

最后一排靠窗位置不够显眼，好像压根儿没有人发现。唯独殷思秋习惯性频频回望，才注意到。

沈枫去哪里了？

他是生气了吗？

可是，为什么生气？

直到此刻，殷思秋才后知后觉，开始思索起其他那些细枝末节。

比如，沈枫问她那句话是什么意思？

什么叫"是为了去买这个"？

殷思秋沉吟许久，蹙起眉，笔帽压在指腹之间，有一下没一下地摩挲着。

刚刚她被沈枫还礼物这件事伤到，一时没有回过神来，现在再细细回想一下，当时，她和丁晴正在聊她腿扭伤这件事。

沈枫是听到了吗？

他那么聪明，是不是猜出来，自己是因为去买耳机才伤了腿？所以才生气了？

还有，他明明根本不是哑巴。

可他为什么这么多年不讲话？是有什么原因吗？

这么多问题，殷思秋一个都想不明白，只能长长叹了口气，趴到桌上。

仰慕一个人是不是就会这样，对方身上一点点小事，都会拿出来反复琢磨，妄图和对方靠得近一些。

她自嘲地勾了勾唇，干脆放弃思考。

到下午第一节课下课，沈枫还是没有回教室。

殷思秋一直神思不宁，听到下课铃，终于有些坐不住了。

她站起身，同正朝这边走近的丁晴比了个手势，示意她要出去一趟。

丁晴吓了一跳，连忙三两步跨上来，扶住她小臂。

"秋秋，你要去哪里啊？卫生间吗？我陪你去。"

殷思秋微微停滞半秒，有些不知道该怎么说："呃，不是，有点别的事情……我自己去就行。"

丁晴："什么事啊？我能帮你去弄吗？你这走路一瘸一拐的，多不方便。"

殷思秋那点小心思，从来不敢告诉任何人，自然也无法在好友面前露出马脚来。

她摆摆手，讪笑一声，低声道："没事的，早上我也是自己来的啊，能走能走……反正，我很快就回来。"

说完，殷思秋安抚一般捏了捏丁晴的手腕，接着才转过身，独自一人离开了教室。

丁晴在原地驻足许久。

倏地，她好似终于想到什么般，不由得瞪大了眼睛。

事实上，殷思秋的脚踝确实没有昨天那样疼了，甚至比早上到校时，感觉也要好上了不少。至少扶墙慢慢走，不会有什么难度。

她慢吞吞地下了楼梯，走出教学楼。

殷思秋大概能猜到沈枫在哪里。

海城实验中学校园面积很大，除了小学部校区在马路对面，初中部和高中部的校区是连在一起的，分踞南北两端，以图书馆和一大片树林绿化隔开。

初中时，殷思秋就偷偷观察过沈枫。

他不会说话，和班上男生完全是陌路人关系，自然也不会加入篮球赛之类各项体育运动。

不过，那会儿，他们班体育委员倒是找沈枫说过话。

殷思秋听到过一次。

在校篮球赛前夕。

那天体育课，她如同往常一般，等体育老师喊了"解散"后，就打算一个人回教室去写作业。

她的余光随意转了一圈，不经意扫到了男生那边。

她眼神一凛。

此时，男生也已经开始自由活动，三三两两借了篮球、羽毛球之类器材。唯独人高马大的体育委员，正鬼鬼祟祟地跟在沈枫几步之后。

沈枫身形颀长清瘦，走姿挺直，远远望去，很有点风姿绰约的意味。和体育委员那五大三粗的形象比起来，好似实在是孱弱了些，不是对手。

殷思秋脑子里闪过很多校园霸凌剧情，几乎没有丝毫犹豫，调

转方向，人已经跟了上去，想看看体育委员打算做什么。

没多久，沈枫走进毗邻高中部校区的那片树林。

学校绿化做得好，入目处，一片郁郁葱葱，很能阻挡视线。

殷思秋悄悄跟着他俩走了许久，一直没被发现。

良久。

沈枫终于停下脚步，在一棵树下坐下。

体育委员脚步一顿，闪身出现，却并没有如殷思秋胡思乱想那般上去欺负沈枫。

他挠了挠后脑勺，直接出声打破了这片安静："沈枫，今年初中部的篮球赛，你能不能来打？"

"……"

"咱们真的缺个前锋，初中最后一年了，大家都想拿个冠军。去年就差那么一点点！"

"……"

"兄弟，不是我说，你到底是怎么了啊？出什么事了，人变成这样……别的你不想说咱们也不问，篮球总能打吧……"

体育委员好说歹说半天，沈枫依旧没有丝毫反应，甚至连头都没有抬一下，目光一直停留在手上的杂志上。

透过树木枝干间隙，殷思秋眯了眯眼，看到杂志封面上写了一串小标题，其中有一个是"拓扑趣事"。杂志好像是从学校图书馆借来的，中缝还贴了标签。

半响，体育委员终于彻底放弃。

"整天躲在这几棵树里头装忧郁，沈枫你还是不是男人啊？"说完这句，体育委员发泄般爆了一句粗口后转过身，怒气冲冲地离开了树林。

等人走远后，沈枫才抬起头，目光精准地落到殷思秋的藏身之处。

殷思秋一愣，顿时紧张得手心冒汗，不知道该如何是好。

偷听被当事人抓到，该做出什么反应？

她踟蹰许久，从树干后走出去。

彼时，沈枫已经垂下眼，面无表情地翻看杂志，没有再给她眼神。

不知为何，殷思秋却从他的淡漠神色中，读出一点点孤寂难受意味来。

好像曾经的自己。

那个从白术镇刚刚来到海城的自己。

想了想，殷思秋小心翼翼地走到沈枫面前，深吸一口气，鼓足了勇气，从口袋里摸出一卷糖。

她轻轻蹲下身，将曼妥思放在沈枫旁边。

"对不起，我不是故意偷听的，就是……那个，吃糖。"

糖分有助于让人心情愉快。

殷思秋不敢看沈枫的表情，说完便飞快地回身跑了。

回到教室后，她单手撑着膝盖，重重喘气，试图平复心跳。

无论如何，她总觉得心情非常好。

至少，殷思秋终于知道，每节体育课，沈枫躲到什么地方去了。

就像是多了一个共同秘密。

真好。

这会儿，虽是下课时分，但小树林周围依旧没有什么学生。

殷思秋抿了抿唇，走进去。

时值秋末初冬，树干一片光秃秃的，颇显几分寂寥萧瑟，但视

野却变得开阔起来。

往里走一段，她已经能看到那个熟悉身影。

细细想来，沈枫比初中时又长高了一些，靠着树坐下时，腿直接放在前面，又长又直。

殷思秋轻轻捏了下耳郭，往前几步。

两人相隔不过数米，一站一坐，画面理应很和谐，但沈枫看到她之后，眼神明显不豫。

这就像是划出了一道清晰分明的界限。

殷思秋不敢再往前靠近，止住步伐，指甲压进掌心，咬住下唇。

她低声开口："沈枫。"

"……"

"吃糖吗？"

沈枫没有动，定定地看向殷思秋，表情似是若有所思。

殷思秋还当他是默认，一只手撑着树干，另一只手在口袋里摸了摸。

结果，她什么都没摸到。

刚刚离开座位时，可能是过于匆匆忙忙，她忘了把糖卷带出来。

殷思秋讪讪地笑了笑，有些尴尬。想了一下，她又轻声说道："回教室再给你。"

"……"

四目相对。

沈枫就像是在等待，等殷思秋问出那个问题——"你明明不是哑巴，为什么从来不说话？"

可是，迟迟没有。

她竟然什么都没有问。

或许……殷思秋知道了什么？

沈枫的眉头渐渐拢紧，难得露出些许慌乱。

眨眼间，上误铃从四面八方响起，响彻整个海实校园，也顺势清晰传进树林之中，将两人这种微妙对峙打断。

殷思秋习惯性地回过头，往教学楼方向望了一眼。

她不比沈枫，成绩那么好，特立独行一些，好像也无伤大雅。

普通高三学生要是逃课，定然要被严肃处理。

幸好，她今天受了伤，算是伤患。晚些回去也可以说是因为走路太慢或者脚踝有点疼，要去医务室冰敷之类，随便找个理由就行，应该不会有老师怀疑。

思及此，殷思秋正过身，将注意力重新拉回沈枫身上。

然而，这时，沈枫已经站起身，抬手随意拍了拍裤腿，将泥土、灰尘和几片落叶轻松抖落。

他又变成了那个清冷绝尘的少年。

站姿笔挺，姿容无瑕。

永远那么遥不可及。

殷思秋愣了愣，声音有几分迟疑："……你要回去了吗？"

沈枫微微颔首，薄唇轻轻抿起。

接着，出乎意料般，他再次抬起手臂，伸到殷思秋面前。

"……"

短短几个小时内，殷思秋竟然再一次和沈枫"亲密接触"。

她还是扯着他那件毛呢外套。

她指尖莹白，落到藏青的底色上，更显得剔透。

殷思秋用了一点点力，偷偷揪紧布料。

两人不紧不慢地往树林外走去。

和早上一样，沈枫将殷思秋送到教学楼下，默默收回手。继而，他转过身，似是不打算回教室上课。

场景宛如复刻。

殷思秋攥紧手指，再次喊停他："沈枫！"

少年背影单薄，脚步微微一顿，停下动作。

殷思秋："刚刚，你为什么生气？"

这次，沈枫没有再回头，也没有答话，只自顾自地往操场方向走去。

殷思秋垂下眼，不自觉地用力咬住下唇。

不要想了。

不要再痴心妄想了。

猜来猜去，只会让自己陷入更加纠结的境地。

只是……想到只有不过短短几个月，过了秋天，然后一模、寒假，再过一个春天，他们就要参加高考，就要分道扬镳、天南地北，从此陌路。

很多情愫变得有些急迫，难以掌控，甚至开始试图破土而出。

殷思秋留在原地，做了几次深呼吸，摒除杂念，终于，慢吞吞地往楼梯上挪步。

任课老师听说她去换药冰敷，没有多说什么。

"知道了，赶紧回座位去，问问旁边同学我讲到哪里了。"

放学前，沈枫悄无声息地回到教室。

化学 A 班的教室空空荡荡，一个学生都没有。

下午最后一节课到晚自习之间有挺长一段时间，可以供同学们吃晚饭或是回家回宿舍休息一会儿，大部分人都不会在教室里逗留。

时值秋末冬初，海市天黑得很早。

这个点，最后一丝霞光已经没入云层。天气不好，没有月光，也没有星星。

沈枫没有开灯，但也不妨碍他动作熟稔地收拾桌面。

进入高三后，各科老师都开始搞题海战术，A班也无法例外。

只不过短短兰天课没有上，桌上已经堆满了各科考卷，胡乱叠在一起，轻轻一拉，就会发出簌簌声响。

昏暗中，他随手将那些纸张拢到一处。

蓦地，他的手指好像碰到了什么东西，似乎有一个陌生物件夹在试卷中。

沈枫将手上东西放下，随手摸了一下，把那个细长圆柱体从杂乱纸张中推出来，攥在手心。

不需要去窗边对着路灯光照照，只要轻轻碰一碰，他就能确定，那是殷思秋放在他桌上的一卷曼妥思。

而且，一定是葡萄味的。

无人看见的角落，沈枫轻轻弯了下嘴角，撕开包装纸，拿了一颗出来，放进嘴里。

葡萄的酸甜味在口腔里骤然弥漫。

他那糟糕的情绪，霎时间，被轻易拯救、安抚。

对无数高三学子来说，时间过得既快又慢。

明明每天的学习枯燥乏味，日复一日，疲惫不堪。每节课都被拉得无限漫长，像是永远等不到下课铃。但，就是在这种千篇一律的复习考试中，新的一年悄悄到来。

高三第一学期即将进入尾声。

马上要进行第一次高考模拟考。

在海市，各区的一模考卷不仅难度和题型一比一贴近高考，成绩还要全区大排名，给考生作为参考，用于下学期填报志愿。

作为班主任，"耳旁风"比谁都着急，天天抽空给 A 班同学做精神动员。

"各位同学，十年寒窗苦读，成败就在这几个月里了，你们知道吗！新的一年了！也就是说，今年六月，你们就要参加高考了！是去清北交复实现梦想，还是上复读班重新来过，别人是帮不了你们的，只能靠你们自己努力……"

底下一片寂静，连呼吸声都变得微弱起来。

见状，庞蔚然推了推眼镜，叹了口气，决定打住这个话题。

"行了，老师的嘴皮子都磨破了，该听进去的都听进去了，当耳旁风的我也没办法。下课吧。没睡醒的同学赶紧趴一会儿，别影响下节课……哦对了，殷思秋，跟我到办公室来一趟。"

突然被点到名，殷思秋不知所措，站起身，表情看起来有些战战兢兢。

庞蔚然朝她招招手。

殷思秋同丁晴对视一眼，步伐匆匆，跟上庞蔚然的脚步。

两人一前一后，穿过走廊，走进老师办公室。

办公室里还有其他老师，不过倒是难得地没有学生在里面，显得十分安静。

殷思秋更加紧张，疑心是不是自己又犯了什么错，要被请家长谈话。

庞蔚然觑她一眼，笑了笑："紧张什么？"

"没……"

庞蔚然在抽屉里翻了翻，翻出一张表格，放到殷思秋面前。

"殷思秋，我找你过来呢，就是想跟你聊聊成绩的事情，为一模做好万全的准备。别紧张，每个同学都要聊的。你看这个，是你入学两年半所有大考和月考的成绩和排名。因为你起伏最大，所以我第一个找你。"

殷思秋垂下眼帘，目光落在表格上，凝固。

高中三年，她确实算不上好学生，但也不是差生。从成绩单上能看出来，确实是努力了，但时常会因为考卷难度加大而显得力不从心，才会出现起伏。

庞蔚然用笔画了一条线，将成绩波动分成两格，同时声音也变得柔和起来："殷思秋，英语老师跟我反映过，英语是你的弱项。但我看了一下，你最好的时候分数能达到120分，最差的时候连及格都达不到。能不能跟老师讲讲，这到底是什么原因？"

两人聊了很久，直接错过了上课铃。

还好，后面那节课是体育课。天气冷了，班上女生都不爱动弹，体育课也就是下去点个到，再各自回教室。

庞蔚然知道这事，也不着急。结束之后，又将练习册交给殷思秋，让她回教室发掉。

殷思秋讷讷地应了声，退出办公室。

然而，就在她关上门那一刻，一个熟悉的名字从办公室里飘出来，叫她不由得愣了愣。

"庞老师，我正好想起来一件事。你们班那个沈枫啊……"

迟疑片刻，殷思秋将门留出一条缝，没有完全关紧，人已经偷

偷靠到了旁边的白墙上。

虽然知道偷听不对，但……事关沈枫，她忍不住。

自从耳机事件后，两人已经有一阵没有机会说话。

沈枫在班上依旧还是隐形人，除了报成绩时，几乎没有存在感。

关键是，他还是像个哑巴一样，一言不发，仿佛那天那道沙哑嗓音只是一场幻境，完全是她们凭空臆想出来的。

丁晴抓心挠肺地想知道，却不敢去问。

殷思秋也无法免俗。

关于沈枫的一切，她都想知道。

从过去，到未来，所有。

哪怕只是老师口中一句赞誉，亦然。

等了等，办公室里头，那老师终于将后面一句话接上："……他不是哑巴啊？"

庞蔚然："啊？"

"我那天想喊人帮忙来腾个分数，正好在走廊里看到沈枫，就喊了他一句，然后他说了个'嗯'。这还是我第一次听到沈枫出声呢！当时都把我吓到了！"

高二分班之后，每个班的任课老师全都重新调整过。这老师不教化学 A 班，只在高一带过他们班，还不是主科，和同学不熟悉很正常。

话说完，门口的殷思秋先是愣了几秒。

原来，不是梦啊。

下一秒，她听到庞蔚然开了口，一派轻描淡写的语气。

她答道："当然不是。初中的时候他家里出了事，应激创伤，然后才失语的。怹家亲戚拿着医生的诊断书到学校来过，当时初中部的老师都知道。现在可能是好了吧？等会儿我叫他过来问问。"

"……"

这件事，殷思秋从来没有听说过。

初中那会儿，她是转校生，来得晚，初二才转来与沈枫同班。加之，在班上也没有什么朋友，还和沈枫坐了同桌，更没有人会给她分享这些秘辛。

她什么都不知道。

但说完这句话，庞蔚然也没有再说什么内幕。

老师办公室里面，已经自然而然转开话题，扯到了其他事上头。

殷思秋在门外又等了几分钟，里面的人依旧没有再提到沈枫，只得郁郁离开。

走回教室，她做的第一件事是看向窗边那个座位。

还好，沈枫不在。

她松了口气。

这会儿，丁晴也不在教室，估计溜到哪个角落玩手机了。

殷思秋先将练习册全部发掉，回到座位上后，悄悄地将手机摸出来，压在书下。

高三的课本和习题册很多，台板里面不够放，大部分同学都会把东西堆在桌角，和考卷之类全部垒在一起，摞得老高，好似一道天然屏障，阻隔一部分视线，创造些许安全感。

殷思秋也不例外。

"试卷山"挡在前面，她抿了抿唇，指尖飞快地敲击屏幕，在搜索引擎里输入关键字"应激创伤"四个字，再点击搜索。

页面跳转。

第一条地址就是百科。

殷思秋点进链接，扫了一眼。

"创伤应激障碍是指个体经历、目睹或遭遇到涉及自身或他人的实际死亡后，导致个体延迟出现和持续存在的精神障碍……"后面跟了一大串解释和临床表现。

她一个字一个字地看得十分仔细，生怕错漏掉什么关键字。

半晌。

殷思秋皱起眉，陷入深思。

原来是一种精神疾病……吗？

目睹他人死亡？或是涉及自身死亡威胁？听起来好像都非常痛苦。

在今天之前，殷思秋压根儿不知道还有这种病。

对她来说，这短短十几年人生里，并没有出现过什么大开大合、大起大落。

从小，殷思秋在白术镇无忧无虑地长大，到海城来之后，虽然过了一段郁郁寡欢的日子，在班上受了些冷眼，但还算好。沈枫及时出现，转移了她的注意力，叫她只放到他一个人身上。

因为这场暗恋，在其他方面，殷思秋逐渐变得刀枪不入。

可是，几年里，她以为自己已经竭尽全力，实际上，对沈枫依旧是一无所知。

原来，那个芝兰玉树的白衣少年，竟然是因为受到了创伤、才会变成现在这样的吗？

他到底是经历了什么？

心脏好像被人揪成一团，密密实实，连呼吸都变得越发困难。

殷思秋的眉头越蹙越紧，说不上是什么感觉。

好奇也有。

怜悯也有。

各种念头纠纠缠缠在一处，尽数化成满腔柔软心事。

"沈枫"两个字，连含在齿间呢喃一声，都是温柔与缱绻的味道。

无论他身上发生过什么，无论他是什么样，殷思秋全都喜欢。

因为，那是自己身处绝望之中，依旧拯救了她的少年。

她也想要保护他。

第二章 ✿ 处暑

「如果你要驯服一个人，就要冒着掉眼泪的危险。」

——《小王子》

01

这个秘密，殷思秋没有向任何人表露出分毫。

不知不觉中，海城进入隆冬时节。

第一次高考模拟考试在低气压中平缓度过。

但海实的高三学生还要补两个礼拜的课，一直补到除夕前才开始放寒假，而后一出年就返校进入下学期。等同于整个寒假不到两个星期。

安排一出，同学们都开始怨声载道，却被学校和家长强力镇压下来。

"看看你们的一模考！成绩和排名虽然还没有出，但是答案都对过了吧？分数应该也估过了吧，自己是什么水平，心里该有数了！这种情况下，你们还想着放假……"

庞蔚然将讲台拍得"啪啪"作响，锐利目光睃了一圈。

底下，殷思秋颇有些心不在焉，垂下脑袋，有一下没一下地拨弄着指甲。

考完之后，她立马去对了标准答案。

正如"耳旁风"所说，到底什么水平，一下子就了然，再也没法自欺欺人。

殷思秋一贯是班级中游水平，只要发挥稳定，混个海市普通211大学，绝对没有什么问题。或许是因为毕业离别在即，内心太想追上沈枫，思虑过重，反倒事倍功半，不自觉地露了怯。

化学几道综合大题全部砸锅。

英语则是直接翻车。

这次估分，再对比去年各大高校的录取分数线，她连上一本线都悬。

殷思秋可以想象，分数一出，场面必然又是大动干戈。

老师问话，家长教育，各种担忧的声音。最重要的是，她连自己那关都过不去。

初到海实时，班上有人偷偷说过她是"小镇做题家"，还刻意让她听到。当时她还是个初中生，不解其意，便去网上搜了搜。

原来，他们是在嘲讽她只会死脑筋埋头读书考试，实际上还是个没见识、什么都不懂的土妞，所以说不好一口流利英语，也没法

和班上同学聊成一片。

结果，现在她连应试都应付不好了。

殷思秋长长地叹了口气，趴到桌上。

天气冷，桌面也是冰冰凉凉，触及皮肤，冷得人浑身一哆嗦，彻底清醒过来。

没办法自怨自艾，只能直面。

殷思秋做好一切心理准备迎接狂风暴雨，后面两周补课，就显得没有那么难熬。

还好，为了照顾考生情绪，各科老师不会在班级里点名斥责，大多是将人叫去办公室，免了大庭广众出糗场面，减少了小姑娘不少心理压力。

她不想让沈枫看到她丢脸。

特别是沈枫这次又是第一名，连全区排名都是前三，完全就是状元苗子。

两人这种天差地别，叫人几乎想要落下泪来。

在殷思秋的低沉情绪中，寒假补课进入最后一天。

下午最后两节课是语文课。

许是因为发现同学们心都飞了，语文老师没有再拿什么试题给他们做，布置好寒假作业后，乐呵呵地打开了投影设备。

"同学们，明天就是除夕夜了，给你们讲题估计你们也听不进去，就给大家看个电影吧，让大家能开开心心回去过年。"

学生们皆是一愣，继而，爆发出欢呼声。

语文老师将食指竖到唇边，比了个"嘘"，继续说："但是要轻一点，不能影响其他班级的同学。不想看电影、非要聊天的，自己换位置去传字条，不许说话，也不能玩手机。"

说完，他拍拍手，点开桌面文件夹。

殷思秋眯起眼　看了一眼那个视频名字——

《垫底辣妹》。

好像是一部日本电影。

她没有看过。

想了想，这两周里头，自己一直在拼命做题背书，累得头昏脑涨，也不差这会儿工夫，不如放松一下。

殷思秋干脆将东西全部收好，撑着下巴，开始看电影。

《垫底辣妹》算是个经典高考励志片。只要看个开头，套路就很清晰。

女主角本来是个垫底差生，通过老师的帮助和自己的不懈努力，大概最终会实现梦想、考入理想院校。

殷思秋可以理解语文老师放这个片子的用意。

只可惜，很显然，班上不少同学都已经看过这部电影，或者是压根儿没兴趣看。

同学们渐渐变得有些不耐烦起来。

电影开始二十分钟，殷思秋感觉有人轻轻戳了下自己的手臂。

注意力被打断，她顺势低下头去，同蹲在她旁边那同学对上视线。

同学小声说道："亲爱的，咱们能不能换个位置呀？我想和你同桌讲几句话。"

殷思秋停顿半秒，爽快地点头。

她将手机揣进口袋，拿上水杯，小幅度起身，弓着背，把座位让给那个同学。

视线在教室里转了一圈。

此刻，已经有不少同学换过位置，各自在无声地交头接耳。

那同学的座位被其他人占据。

不远处，丁晴也在和同桌玩井字游戏，没有注意到她。

殷思秋抿了抿唇，试图寻找一个空位。

最终，目光轻轻落到沈枫旁边。

仿佛是历史重现。

她深吸了一口气，快步挪到最后一排，悄无声息地拉开旁边那张空椅子。

"我可以坐这里吗……"殷思秋声音极轻，像是一阵寒风吹来，就能将尾音吹散一般。

沈枫没有在看电影，手里还是拿了一本杂书。

听到她开口，他眼也不抬，漫不经心地应了一声："嗯。"

殷思秋愣住了。

这是第二次。

第二次听到他声音。

好像……没有之前那么沙哑了？虽然只有一个单音节，却也能听出一丝丝绸般的质感，在耳畔响起，震得人耳尖发麻。

他本来的声音，应该很好听吧。

好半天，殷思秋才回过神来，叠声道谢："哦、哦，好，谢谢。"

她小心翼翼地坐下。

顷刻间，那部电影已经无法吸引她。

冬日。

让人昏昏欲睡的下午。

教室开着空调。

电影原声从音响里传出来，像是某种神秘伴奏。

……

身边坐着沈枫。

这样美好的景象，就算是无疾而终，烙上了青春烙印，这辈子，她也再难忘怀。

大抵，永远不会成为过去。

殷思秋两只手抱住水杯，不自觉地用了点力，握紧了杯壁。

温度传递到手心，似是能给人万丈勇气。

片刻，她深吸一口气，从口袋拿出一本便笺本，撕下一张空白的，低下头，飞快地在上面写了一行字：

【沈枫，提前祝你除夕快乐哦！】

而后，殷思秋将便笺纸丢给了沈枫。

沈枫滞了滞，随手将那纸拿起来，扫了一眼。

从殷思秋的方向看过去，他手指又细又长、骨节分明，落在黄色的便笺上，让整个场景变得如同一幅画一般。

无论从什么角度，沈枫好像都能让人自惭形秽。

顿时，殷思秋就觉得，自己写的那句话，是多么尴尬，且不合时宜。

还让自己看起来端倪丛生、破绽百出。

果然，人绝对不能冲动。

她脸颊开始发烫，侧过身，打算找个方向逃之夭夭。

没想到，沈枫却放下书，随手从桌上拿起笔，在那便笺条上写了几个字，再还给她。

殷思秋愣了愣，垂下眼，手忙脚乱地将字条抚平。

在她那句话底下，沈枫的字迹凌厉大气，回道：【谢谢。新年快乐。】

殷思秋定定地看着那两行字，片刻，将那张便笺纸仔细叠好，偷偷放进口袋里。

投影里，电影已经播到高潮部分。

差生沙耶加奋起直追，每天泡在补课教室，为了考上庆应大学努力。再一次绝望时，坪田老师告诉她，没有不可能的事。

殷思秋心念一动。

没有不可能……吗？

沈枫呢？

沈枫和一个垫底差生考上庆应大学，哪个更难一点？

想了想，她又拿了一张便笺纸出来。

【明天就要开始放寒假了。寒假作业里面，我如果有不会的题目，可以参考你的答案吗？】

这一次，殷思秋比刚刚更大胆了一些。

毕竟，理由很充分，很是大义凛然。

之前也不是没有问他借过作业。

她用笔帽轻轻戳了下旁边人的手肘。

沈枫转过头，目光在便笺纸上停留一瞬。

他伸出手，接过那张纸，动作十分自然。

殷思秋屏住呼吸。

等黄色纸张回到她手中时，上面已经多了一行字母组合。

底下，还备注了干脆利落的三个字：

【微信号。】

"……"

殷思秋心想，或许，这个漫长又寒冷的冬天，对她来说，是过了秋天之后，最好的季节。

殷思秋和沈枫顺利加上微信。

只不过，一周过去，聊天界面依旧是空白一片。

殷思秋连"新年快乐"都没有勇气发一句。

毕竟，之前已经扔过字条了，再发一次就显得十分刻意。

整个寒假，她都有些心神不宁，整天拿着手机发呆。

在殷家父母看来，女儿素来乖巧懂事，极少需要人花心思多虑。加上过年繁忙，领导同事各方都要拜年送礼，放假后竟然一天都不得闲，他们也没工夫去细细琢磨小姑娘那点反常表现。

殷思秋就像个财主，吝啬地守着自己那点精神财宝，悄无声息，谁也不告诉。

直到假期最后一天。

海实高三明天就要提前开学。

殷思秋落下最后一笔，长长地舒了口气，将试卷拿起来端详半晌。再将所有难题全部总结好，用手机拍下来。眼睛一闭，一股脑儿发给了沈枫。

这次总是正当理由了吧？

本来就是以问问题为借口……他应该不会觉得被打扰吧？

应该也不会想到其他什么地方去。

没过几分钟。

沈枫将所有答案和解题过程全部写在白纸上，拍照发给她。

殷思秋点开图,飞快地和自己的作业对了一遍。

正确率居然还不错。

她不自觉地笑起来,酒窝若隐若现。她的手指顺势在屏幕上敲击。

殷思秋:【谢谢!】

沈枫秒回:【不用客气。】

这便是话题收尾。

可是,殷思秋不想这么简单就结束这场好不容易得来的对话。

她踟蹰许久,开始继续打字。

殷思秋:【沈枫,我听说开学后各大院校就要开始自招了,你会参加吗?】

隔着屏幕,好似会凭空助长出许多勇气来。

她真的很想知道,沈枫已经能开口了,不是哑巴,完全可以去参加面试。

况且,他成绩那么优异,海城实验中学在海市也算是名校,就算没有竞赛加分,或是夏令营成绩,靠校荐排名去参加笔试,一样能过。

殷思秋对沈枫的信任和迷恋,从来都是盲目的。

在她看来,这世上,几乎没有沈枫做不到的事情,更遑论这种自招考试。

实际上,她更想试探一下沈枫打算考什么学校,哪怕她去不了,也想离他近一点。

这次他回复的时间长了许多。

度秒如年。

良久,手机屏幕终于再次亮起来。

沈枫：【不。】

殷思秋微微一怔。

但她却没有问为什么。

殷思秋：【没事的，你自己考当然也没问题的！】

电波彼端，少年小幅度地牵了牵嘴角。

虽然时逢过年，但偌大一栋别墅里，却依旧只有他一个人在，空旷寂静得好像连笑一笑都能出现回声。

这种情况，从除夕到初七出年，都未曾变过。

或者说，过去数年里，都不曾有任何改变。

沈枫早已经习惯了一个人。

谁也没想到，殷思秋突如其来的微信打破了这种孤寂。

新信息跳出来的那一刻，他心情微妙地热烈起来。

不可否认，他内心并不想结束这场对话。

……

沈枫捏着手机，去厨房倒了杯水，又回到书房，靠着墙，坐到地毯上。

这会儿工夫，他已经想好了要如何不着痕迹地岔开话题。

他放下水杯，慢吞吞地打字。

沈枫：【殷思秋，你过年回家了吗？】

初中时他们班所有人都知道，殷思秋是从小镇子转来海城上学。

有这么一问，并不显得突兀。

殷思秋果然没有多想，只当沈枫是随口一问，便乖乖作答：【今年没有回老家。我爸妈说，等我高考完再让我回去。】

海城和白术镇相距甚远，殷父殷母都只有法定七天假，奶奶已

经去世，没有人看顾，自然是不可能让殷思秋一个未成年的小姑娘独自回去。

沈枫：【哦。】

沈枫：【你家那里，有什么好玩的吗？】

数秒后，殷思秋发来了很多照片给他。

沈枫很有耐心，屈指轻轻叩了几下手机屏幕，等待图片悉数加载出来。

每张照片都是风景图。

有山，有水，有楼房老旧的小镇，还有白雪皑皑。

海城是南方沿海城市，四季分明，极少下雪。就算下，也只是细绒一般的毛毛雪，落到地上，差不多就化了，很难积起雪来。更不可能有图中这种厚厚积雪，压在山头，将远方天际染得一片剔透。

殷思秋：【这就是我老家，白术镇啦。】

殷思秋：【我们那边和海市最大的不同，就是没有明确的春秋变幻。】

殷思秋：【虽然过不了秋天，但是冬天和夏天都很漂亮。我小时候最喜欢夏天去溪水里摸鱼，摸到了晚上可以吃烤鱼。冬天就去堆雪人，或者偷偷上山去捉迷藏，但是要小心踩到蛇。】

殷思秋：【总之，很好玩。】

殷思秋：【有机会的话，可以去看看。】

这好像是两人相识以来，她对沈枫说过的最长的一段话。

由此可见，白术镇应该确实是很不错。

沈枫：【好。】

02

眨眼，进入二月末。

高三下学期正式开学。

到三月中旬，海市发生了一件大事。

隔壁区有一所高中，因为学生取暖不当，发生了火灾，导致学生受伤。家长将这件事闹上了网络，闹得很大，要向学校索赔。

丁晴一摊手，趴到殷思秋的桌上，小声地愤慨道："我听说，因为这个事，下周一学校要搞消防演习了，高三生也得参加。我最讨厌消防演习了，有这点时间，还不如在教室里睡会儿。"

她的成绩比殷思秋还不如，一直在 A 班中下游晃荡。每天除了要做作业，还得做一大堆课外习题，天天都得忙到凌晨，觉都睡不够。

殷思秋笑了一声，慢声细语道："那你还每天这么有精神？中午也不见你休息。"

丁晴："话不是这么说的嘛！秋秋，你不知道，不聊天我会死！"

"可以，BB 机转世。你很有梦想。"

两个女生笑作一堆。

果不其然，周五班会课，庞蔚然宣布了消防演习的事情。

"这次的演习会请消防员莅临指导，全程也会有校报的同学拍摄，大家一定要严肃对待，演习途中不能嬉笑玩闹。听到火警铃之后，排好队，以最快速度赶到操场……"庞蔚然顿了顿，"我知道大家都累，都不耐烦，不过这是市教育局的要求，也就二十分钟的事情，好好参与一下没坏处的，知道了吗？"

"知道了——"

周一，天气晴朗。

许是因为刚入春没多久，海市的气温依旧很低。

从去年十一月起，殷思秋一直食欲不振，吃不下东西，连带着热量摄入也不够，越发怕冷。

这种天，她得裹得严严实实才敢出门。

被料峭春风一吹，什么消防演习，全都忘到脑后。

上午第二节课进入尾声，倏地，走廊响起一阵刺耳铃声。

"叮！"

上课上得浑浑噩噩，班上压根儿就没人反应过来。

数学老师将粉笔一丢，小声提醒他们："火警铃，还不动起来？"

所有人如梦初醒，纷纷站起身，往教室外头走去。

外头已经吵闹起来。

"去操场，去操场！"

"到底要不要排队啊？"

"排什么队啊，都着火了……"

一行人往楼梯拥。

殷思秋和丁晴跟在队伍最后。

丁晴："我决定向这个活动道歉，能少上十五分钟数学课，我必须感恩戴德。"

殷思秋忍不住笑起来："这么夸张？"

话音未落，她就被人从后头重重推了一把——

脚踝传来一阵剧痛。

陡然间，殷思秋整张脸变得惨白，咬着唇，眼疾手快地扶了下墙壁，才勉强稳住身体没从楼梯上摔下去。

但也就缓了这么一下。

接着，她无法空制地蹲下身，将力气全部转到另一条腿上。

实在太疼了。

可以称得上锥心之痛。

丁晴反应也很快，连忙弯下腰，扶住她手臂，大声问道："秋秋，你怎么了？"

殷思秋："……好像又脚崴了。"

"怎么弄的？踩空了？"

殷思秋摇摇头。

刚刚，她很明显感觉到被撞了一下，人往旁边一侧，全身力气猝然压到一只脚上。才使得上次就扭伤过的那只脚再次受了伤。

她抬起眼，四下扫了一圈。

此刻，楼梯上聚集了几个班的同学，人潮如织。都是三三两两簇拥在一起的人，笑笑闹闹，漫不经心地往下走着。

没有人会刻意停滞不前。

只有她俩没有动，虽然靠着墙边，但还是有点挡了路。

殷思秋无法判断推她那个人是刻意的，还是急着下楼无意撞到，也找不到对方，只得作罢。

脚还是很疼，一点都没有缓解趋势。殷思秋眉头蹙得紧紧的，用力抑制着痛苦感，她拉了拉丁晴的衣袖，声音有气无力："晴晴，我现在站不起来，我们往旁边让一下吧。"

丁晴立马去搀她。

偏偏这时，后面又挤来了几个学生。最旁边那个明显聊得兴起，眼神不太灵光，差点要撞到殷思秋身上。

两人尚未来得及反应过来，身后伸出一只手，紧紧抓住了殷思秋的手臂。

对方力气极大，干脆利落，直接将人拎到自己身后。

殷思秋诧异地抬眼。

"……沈枫？你怎么在这里？"

沈枫没有说话，又把她往里面带了一步，拉进了转弯处的三角区域。

他个子很高，站在殷思秋前面，就像一堵墙一样，将她圈在自己与墙壁之间，不会再被任何人不小心撞到。

丁晴也跟着一同靠近。

"沈枫同学？"

依旧没有得到回答，丁晴有点讪讪的，侧了侧头，与殷思秋交换视线。

丁晴：什么情况？

殷思秋：我不知道啊。

丁晴：那你赶紧问问。

两人都读懂了对方的眼神。

只这会儿工夫，殷思秋已经疼得额上浮起冷汗，脑袋失去运转动力。

她呆呆地抬起头，看向沈枫，想说点什么，却又不知道该说什么。

呆了半天，她犹豫地开口："那个，沈枫，谢谢啊……"

沈枫脸色有点冷，眼神锋利，在她校裤上游移数秒。

他沉声问："脚又扭了？"声音已然彻底褪去上次那种沙哑沉闷。

细细听起来，很有点少年人的清朗动听味道在。像是交响乐中的某种乐器质感，十分悦耳舒适。

这下，丁晴更加吃惊了，手指着沈枫，声音有些颤颤巍巍："你、你……你又讲话了……"

沈枫没理她。

他蹲下身，撩起殷思秋的一截裤腿，掌心落到她的脚踝上，小心翼翼地捏了几下。

"很疼吗？"

"……嗯。"

疼得她都没力气东想西想了。

要不然，这等场景，必须得在心里掀起惊涛骇浪才能罢休。

沈枫抿了抿唇，沉吟片刻，接着，转过身拉住殷思秋的两只手，轻轻松松将她拽到自己背上。

丁晴瞪大了眼睛。

沈枫看着清瘦，背脊却宽阔，极具安全感。殷思秋趴在他背上，两人距离为零。

顿时，她好像连心跳都和他重叠到一处。

"怦！"

"怦！"

频率十分一致。

顷刻间，殷思秋一下子清醒过来。

这是什么情况？

沈枫打算背她走吗？

为什么？

身前，沈枫很明显没有殷思秋那么多想法，稳稳背上她，迈下楼梯。

想了想，他又停下脚步，同丁晴说："麻烦你跟老师说一声，

殷思秋受伤了，我带她去医务室。"

消防演习每个班都要点名，缺了人就不能算结束。

到时候，庞蔚然肯定会让人来找他们。

丁晴回得磕磕绊绊："啊、啊、哦，好的好的，我会跟'耳旁风'说的。"

闻言，沈枫朝着她点点头，表情看着古井无波，很有点超脱这年纪的淡漠。

丁晴微微一怔。

没等她反应过来，沈枫已经背着殷思秋，快步下楼，很快融入下楼的人流之中，彻底淹没。

海实的校医务室在宿舍楼旁边，高中部和初中部共用，要穿过操场，再穿过那个小树林，方可抵达。

因为消防演习，此刻操场上聚集了全校师生。沈枫背着殷思秋过去，看起来就太过于显眼，过于明目张胆了些。

为了避免麻烦，沈枫选择从教学楼后门出去，只消稍微绕半圈，就可以绕开操场。

周围没有任何人，安静得叫人心生紧张。

此时，殷思秋的注意力被转移，就没有刚刚那么疼了，只是心里那点羞怯之情，快要咕嘟咕嘟冒出来。

这还是她第一次和同龄男生靠得这么近。

不对，准确来说，从殷思秋有清晰记忆开始，就没有和异性离得这么近过，包括她父亲。

殷父很早就在海城工作，每年就两个假期能回一次白术镇。长时间不待在一起，就算是亲生父母，也难免产生一丝生疏感，很难与女儿亲密无间。

到殷思秋年龄大一些，父女俩也不好再做什么亲密举动了。

况且……

这可是沈枫啊。

殷思秋脑海里闪过很多念头，不由自主地轻轻动了一下身体。

沈枫立马感觉到了："脚还是很疼？"

"还好。"

"那别动。"

"哦，好。"

殷思秋立马不再动弹。

沈枫突然轻轻笑了一声："呵。"

殷思秋不明所以，想了半天，略有些迟疑地问道："我是不是很重啊？要不然还是让我自己走吧，反正不是很远。"

沈枫："不重。"

这是真话。

殷思秋的个子算不上很矮，但整个人都是轻飘飘的，轻得不像话。

沈枫握着她小腿，还能握出点瘦骨嶙峋的意味来。

对他来说，背着她走一段路，完全是轻轻松松，连气都不会多喘几下。

但殷思秋依旧觉得很紧张，手指不自觉地蜷缩起来。

好在，沈枫人高腿长，步伐又快，没让她纠结太久，两人很快便到达医务室门口。

沈枫没把殷思秋放下来，只是侧过脸，给她使了个眼神，示意她敲门。

"咚咚！"

"进来吧。"里头传来校医的声音。

殷思秋伸长手，将玻璃门推到半开，让沈枫有位置可以走进去。

校医见到两人模样，丝毫没有吃惊，指了指旁边的医疗床，说："受伤了？先把女同学放到床上吧。"

沈枫依言照做。

殷思秋只觉得身前乍然一空。

失了热源，初春寒意从窗外涌进来，胸口也空了一下。

她很难控制住心里那点失落彷徨，又怕被沈枫看出什么端倪，立马垂下眼，深吸一口气，用力咬住下唇。

校医看了眼殷思秋，走到她旁边，问道："脚受伤了？哪只？"

殷思秋将校裤拉起来，踢掉一只鞋，指给校医看。

不过短短十几分钟，脚踝就已经有些肿胀起来，看着有些恐怖。

校医检查了一下，问："怎么弄的？"

殷思秋："下楼的时候被撞了一下，没站稳。"

"之前受过伤吗？"

"去年十月底的时候也滑倒过一次，扭伤了这个地方。"

话音落下，校医当即蹙起眉，上手捏了几下。

殷思秋疼得忍不住呼痛："啊……疼。"

"应该是惯性扭伤了。能动就问题不大，冰敷一会儿，我给你拿点膏药，回去贴个三五天就好。"

二十分钟后。

殷思秋和沈枫走出校医务室。

外头气温很低，一阵风吹过，殷思秋条件反射般地瑟缩了一下。

刚刚，火警铃响得突然，又被老师催促了几句，她没顾得上拿外套，只穿了一身单薄校服。教室里有空调，校服足矣，但走出室外，就冷得人有点难挨。

"冷？"沈枫低下头，漫不经心地问了一句。

殷思秋一愣，怕他觉得自己太麻烦，连忙摇头否认。

"还好还好，不冷。我们快走吧，都开始上课了。"说完，她撑着墙，单脚往前跳了一步。

倏忽间，衣服被人从后面拉住，她没法继续动作。

接着，一件校服外套从后头盖上来，盖到了她头上。

殷思秋瞪大了眼睛，心跳再次加快。

校服是沈枫脱下来的，此刻还是温热的，仿佛挟带了主人身上的体温。

"你……"

沈枫没给殷思秋机会说话，往前两步，再次蹲下身，朝身后伸出手。

"上来，我背你走。"

他只在校服里穿了一件短袖，将校服脱掉之后，整个人看起来凉快得有些过头。

殷思秋回过神来，只觉得万分不好意思。

她连忙将外套拿下来，说："没事的，我真的不冷。还是你自己穿吧，要不然吹感冒了……"

"上来。"

沈枫的语气说不上强硬，甚至，好像压根儿没放什么情绪在里面。

只可惜，性格使然，殷思秋难免小心翼翼、前后踟蹰，生怕叫对方心里烦了她。

可是，刚刚过来时还能说情况紧急，现在校医已经给了诊断，她也没有刚刚那么痛了，完全可以撑着慢慢走回去。再让沈枫背她回教室，实在显得太过亲密，也太麻烦他了。

而且，这一路上，万一遇到老师或同学，该怎么说才好？

殷思秋表情十分纠结，手上拎着那件校服，动作明显迟疑。

沈枫似乎有读心术，当即感知到身后小女生的想法。

他牵了牵嘴角，起身，一大步跨到殷思秋面前，漫不经心地将那件校服拿回来，轻轻抖了两下，将下摆褶皱抖得平整。

但看样子，却好像不打算重新穿回身上。

沈枫抬起手，再次把校服兜头套到殷思秋脑袋上，盖住头发，也严严实实地挡住了她整张脸。

殷思秋的视线只能看到落地那半截，那里，沈枫穿了一双黑色的高帮板鞋，两条长腿笔直站立，好像触手可及。

但很快，她又能看到沈枫的背、沈枫的肩。

最后是沈枫的头发。

他又一次蹲下来。

"没人看得到你是谁。"

"……"

"扶你回去，会比背你走得更快吗？"

他仿佛耐心告謷。

殷思秋不敢再拒绝，也无暇多想什么，懵懵懂懂又手忙脚乱地扑了上去，整个人稳稳落在沈枫的背脊上。

少年虽然穿得单薄，但身上却像是有一团火，也顺势传递给了她。

暖意从身前一直流向四肢百骸。

霎时间，她好象再感知不到初春寒气。

说不清为什么，殷思秋突然有种想哭的冲动。

好像一个溺水之人，在深海中浮沉了太久太久，久到快要放弃求生本能，却突然有人向她扔了一块浮木，告诉她，神明没有放弃你，你还能再挣扎一下。

虽然，殷思秋几乎可以确信，沈枫并没有那个意思。

他只是出于教养在助人为乐。

本就是举手之劳。

毕竟，这可是第一次打交道，就将她从彷徨中拯救出来的沈枫啊。

但殷思秋依旧忍不住胡思乱想。

从校医务室到教学楼，如果不走后门小道，直穿操场的话，会经过一条长长的路，海实所有学生都很熟悉，在学校上学，走过无数次。

这条路并没有什么浪漫气氛。

比如两边种了梧桐树，一步一步踏上去，皆是落叶纷飞。

又比如，路灯将身影拉得老长，再将距离缩短。

什么都没有。

不过是一条辅路，路两边光秃秃的，一面是教学楼，另一面是操场外圈的塑胶跑道，冷漠平庸得叫人生不起一丝绮念。

可是，殷思秋却希望，这条路能长一点、再长一点，永远走不到头就好了。

赶不上上课也没关系。

被蒙着脑袋看不到前路也没关系。

……

"殷思秋，你在想什么？"

许是因为静默太久，徒生尴尬，蓦地，她的思绪被一道声音打断。

殷思秋结束心无旁骛的幻想，愣怔半秒，磕磕绊绊地答道："我、我……"

该说什么？

真实答案实在离谱得过分。

殷思秋生怕犹豫太久露出什么端倪，只好开始胡编乱造。

"我在想……呃……如果有什么药，吃了之后，脚就不会疼了，那就好了。"说完，她长吁了一口气。

感谢老天。

脚踝传来一阵阵痛感，很合时宜，顺利解救她脱困。

这个借口确实编得恰到好处，还挺可爱、挺有少女感。

殷思秋无声地笑了笑。

然而，身前，沈枫却明显停顿了一下。

"你要吃止痛药？还是很疼？"

"……"

顷刻间，殷思秋觉得自己就像一个呆子，恨不得立刻挖个地洞钻下去。

什么可爱。

什么少女心。

对着沈枫，她只会状况频频。

这个小插曲，不可避免地，必然要被另一位旁观者追问。

丁晴不敢去冒犯沈枫，只能从好友身上下手，满足好奇心。

"秋秋，你和沈枫是什么情况？"

"你们很不对劲。"

"沈枫居然背你去医务室！还把你背回来！殷思秋，你惨了真的，校草的追随者们会用眼神杀死你。以后我都不敢跟你一起出去了……"

霞光渐渐隐匿于云层后。

夜色初现。

距离晚自习开始还有一段时间，殷思秋不方便走动，丁晴叫了外卖，飞快地去校门口拿上来，陪她一起吃饭。

教室里没有其他人在，自然是能以高强度频率聊天，就着八卦下饭，连外卖都能香气四溢。

殷思秋被丁晴问得脸红。

幸好，为了节约用电，丁晴只开了两人座位上那一排白炽灯，光线不甚明亮，能将很多小心思压进眼底。

殷思秋喝了一口奶茶，踟蹰半秒，小心翼翼地作答："应该不至于吧？他们看到我的脸了？"

明明是上课时间，她还蒙着脑袋，怎么可能有很多人看到呢？

丁晴睨她一眼，简直无言以对。

"亲爱的，这是重点吗？"

殷思秋："不是吗？"

"当然不是重点！重点是沈枫！姐妹！你不要跟我打马虎眼，你说，咱们还是不是好闺蜜了？连厕所都一起去，有什么秘密不能分享的？"

殷思秋没忍住，低笑了一声。

丁晴永远都那么好玩。

但事实上，哪怕是再好的闺蜜，确实也有一些心思，永远无法

分享。

她兀自叹了口气，侧脸压在课本上，顺势挡住半边表情。

"真的没什么。我和沈枫……其实就是初中同桌，你知道的。之前嘛，关系一直处得不咸不淡，也不知道他这次怎么会突然帮忙。可能是因为正好走在我们后面？"殷思秋想了想，"沈枫确实也挺乐于助人的。合理。"

听她这么说，丁晴差点把粉条呛进喉咙。

"咳！咳咳咳……你说什么？沈枫乐于助人？请问，殷思秋同学，你说的是那个明明不是哑巴，和我们同学快三年，但硬是没说过半个字的沈枫同学吗？"

"……"

"本来我还挺同情他的，学霸、校草、天之骄子，可惜是不会说话的哑巴。现在嘛，我只想说，沈枫如果不是孤高且目下无尘，那就是正宗的自闭儿，还是只可远观不可亵玩的那种食人花。总而言之，和'乐于助人'四个字，挂不上任何关系。

"如果你们真的没有情况……我只能说，可能是沈少日行一善的日子到了。"

丁晴干脆利落地下定结论。

不过几个小时之内，说出这番言论的殷思秋被很快打脸。

晚自习结束，沈枫给殷思秋发来了微信。

沈枫：【你先别走，等一下。】

这个时间点，基本不会有老师和摄像头查手机。

殷思秋在收拾考卷，手机就放在校裤口袋里，微微振动。

她有点讶异，停下动作，将手机摸出来，查看了一下。

看到微信，殷思秋习惯性地扭过头去找沈枫，下意识想确认一下真实性。

然而，教室后排靠窗的那个座位，早就空无一人。沈枫只留下一条含糊不明的消息，自己却不知道跑哪里去了。

"秋秋！"

同学们正陆陆续续往外走，丁晴也已经背上书包，手里拿了个水杯，蹦蹦跳跳地过来找殷思秋："我来搀你下去。但是你怎么回家啊？还是打车吗？抑或是你爸妈来接你？"

上次脚伤，殷思秋打了几天车，等后面稍微好些，就开始坐摩的。

她和摩的师傅约好时间，从家楼下直达学校门口，来回十分方便。

海实从地理位置上来说，能算海城偏中心区域。但学校周围又不是中心商务区，附近也没有商业街区，主要就被海城实验学校以及周围一圈居民区占据，只能说是中心城区里的僻静地区。

相比之下，肯定没有市中心管得严格，早高峰时间，路上经常能看到摩的穿行。

"今天就打车吧。后面还是打摩的，快一点，也便宜。"说完，殷思秋长长地叹了口气。

这脚……到底是怎么了？

从前十几年都没扭伤过几回，怎么一到高三，什么毛病都出来了。

仿佛是某种预兆，暗示了即将到来的流年不利。

幸好，殷思秋不是什么悲观主义者，在心底念叨几句，也就没有再多想。

身边，丁晴催促她："那你先叫车呀，咱们走出去，时间差不多，不用等着吹冷风。"

"可是……"

殷思秋眨了眨眼，表情有些迟疑。

等班上人几乎走空之后，她才低声答道："沈枫让我等他一会儿。"

"啊？"

殷思秋在丁晴的目光中，略有些尴尬地耸了耸肩，表示自己也不太清楚情况。

丁晴："我陪你一起等。我倒要看看，今儿咱们的沈枫同学，留你准备干啥……啊哈，你俩关系什么时候这么好了？"

"……"

虽然知道她在胡说八道，但殷思秋还是觉得心跳乱了几拍。

两人面对面坐下。

不过等待了十来分钟，殷思秋的手机就再次振动起来。

这次是微信语音电话。

还是来自沈枫。

她手足无措地接起来。

沈枫："下楼。慢一点。"

"好。"

殷思秋和丁晴一同走出教学楼。

春夜月色下，沈枫正站在不远处，人随意地靠在路灯下，身边放了一辆自行车。

银白月光温柔地抚摸着他的脸颊，再将他通身笼罩。

顺势，也将少年人衬得肤白貌美、身姿清俊，芝兰玉树的模样，站在那里，就好像会自主发光一样。

殷思秋脚步一顿，目光走向已经无法抑制。

倒是丁晴，对这种美色完全免疫，自顾自地往前跨了两步，视线在沈枫和自行车上徘徊流连。

想到了什么可能性，她当即惊讶万分。

"不要告诉我，沈枫同学，你这是打算载秋秋？送她回去？"

沈枫："……"

虽然他没有说话，但表情明显是在说"不可以吗"。

见状，丁晴一把捂住了脸颊，语气里满是难以置信："老天爷啊，我到底是在看什么魔幻连续剧……你们？你俩？不会是真的吧？！"

要说沈枫大发善心，丁晴也就是嘴上调侃几句，心里是一万个不相信。

结合之前那些蛛丝马迹，还有她窥见过的沈枫看向殷思秋的那个眼神，一切仿佛都能昭然若揭。

丁晴往后退了一大步。

很快，殷思秋也从愣怔中回过神来，连忙摆手："当然不是！晴晴，你不要乱说……"

万一沈枫想多了，以为这是她内心的想法，而她是在借好友之口表达，那该怎么办才好。

两人好不容易拉近一步距离，不想再被他疏远。

对于沈枫，殷思秋一直在理智地规劝自己。

只要将他们这种能说上几句话的关系保持到毕业，然后，她能逢年过节在微信上问候他几句，当一个普通的老同学，知道他还在世界某个角落发光，这就足矣。

或者说，心底觉得并不足够，但她没有勇气去打破这种平衡。

好在，丁晴也知道分寸，看殷思秋表情有点着急起来，立马就

止住话头。

"我不说了，我不说了，那沈枫同学，不管因为什么，感谢你帮助我的秋秋小宝贝，我就把她交给你啦。路上注意安全。"她放下手，想到什么般，突然轻笑了一声，又调侃道，"要是秋秋上次扭伤，也是日行一善的日子就好了。"

"……"

"拜拜啦。"

丁晴潇洒一挥手，率先转身，撇下好友，快步往校门方向走去。

只剩下殷思秋和沈枫两人遥遥相对。

路灯将影子拖得老长。

静谧之中，仿佛连时间流速都变得慢下来。

殷思秋抿了抿唇，试探性地开口："沈枫，我……"

我什么呢？

顿时，她又卡了壳。

沈枫好像能洞穿殷思秋的心思，没让她纠结下去，将自行车的脚撑一踢，干脆利落地翻身上车。

一串动作行云流水，十分赏心悦目。

"上车。"

殷思秋看了看后座，又看了看沈枫。

"可是，为什么要送我？"她声音有些迟疑。

沈枫头也没回："上次……"

"啊？"

"你是去买耳机才摔倒的。"

这是一句肯定句。

闻言，殷思秋愣住了，脸颊"噌"一下烧得通红，完全不受大脑控制。

她边摆手边结结巴巴地说："不是，我……那个……"

要怎么解释？

明明那副耳机已经被他退了回来，为什么还记得这回事？

然而，沈枫的声音听起来毫无波澜，也没有什么不高兴，只淡声打断她："既然是想送给我，那起因是我。"

言下之意很明确，他要为她这个"惯性扭伤"负责。

这次，殷思秋没有像白天那样扭扭捏捏推辞，鼓足勇气，低声道了句"谢谢"，便侧身坐上去。

要知道，能坐一次仰慕者的自行车后座，对每个怀春少女来说，都能称得上珍贵回忆了。

她实在是无法拒绝，干脆放弃抵抗。

沈枫轻轻勾了勾唇，从前面往殷思秋头上丢了件卫衣开衫，准确地再次蒙住她脑袋。

男生火气足，没有殷思秋那么怕冷，初春只需要一件薄款卫衣套在校服外面就够。衣服盖在头上也不是很重，轻飘飘的，既挡风，又能挡住窥探视线。

卫衣上还带了点薄荷清香，很淡，像是某种柔顺剂的气味，闻起来很舒服。

殷思秋轻轻抓了一下。

她的脸颊蹭到他的卫衣内衬，薄荷香气更加显著。

下一秒，沈枫清澈的声音从前面传来："你家在哪里？"

她愣了愣，立刻报出一个地址，但想了一下，又开始退缩："要不麻烦你送我去打车吧，那边还挺远的……好像太麻烦了……"

说到底，想去买生日礼物送给他，只是自己一厢情愿，用不着他负责才是。

沈枫："知道了。抓紧。"

话音甫一落下，自行车猛地往前蹿出去。

殷思秋尚未做好准备，惊呼一声："噢——"

整个身体也跟着惯性向前。

她的头被衣服盖住，视线范围有限，入目处就是沈枫的后背。为了稳住身体，她来不及细想，手指已经落到了对方腰上，牢牢抓紧了他衣服。

前头，沈枫仿佛丝毫没有意识到什么，一点反应都没给。

殷思秋忐忑不安却又假装若无其事，继续抓着他，始终没有松开手。

这可能是她一生中最勇敢的瞬间。

海城实验学校校区很大，但为了学生安全考虑，也只有上学和放学时间可以在校骑自行车，且仅有从自行车棚到校门口这段路。

教学楼并不在其中。

不过，这个点，高三晚自习已经结束许久，学生和老师基本走空。加之夜色黢黑，违规骑一下车，大概也不会有人注意到。

沈枫漫不经心地蹬了几下脚踏板。

转眼，自行车已经稳稳当当离开学校，转入路边的非机动车道，汇入车流之中。

夜凉如水。

路上车水马龙。

全程，两人都没有说话。

世界仿佛被按下了暂停键。

或是当事人各有所思，不愿打破这种迷离气氛，只任凭暧昧因子肆意蔓延开来。

殷思秋家说远，其实也并没有那么远。

她家能负担得起的房子远在海城郊区，无论是她上学还是父母通勤，皆是困难重重，买来只是用来挂户口而已，拿到房本就立马租了出去。平时，一家人还是住在市区的出租屋里，距离海城实验中学坐车几站路。

骑自行车稍微远些，但半个小时也已经足够。

不知不觉，到了最后一个红绿灯路口。

只要穿过马路，旁边就是殷思秋家小区南门。

沈枫把住龙头刹车，长腿轻轻松松地踩到地，整个人斜斜地半站着。

顿了顿，他突然回头看了一眼。

殷思秋正乖乖巧巧地坐在后座，脑袋被宽大卫衣蒙着，一动不动，像是什么恐怖片画面。

她应该是有点冷，大半只手缩在衣袖里，只露出十根细白手指，葱段似的，紧紧地抓着他身上的校服。

沈枫垂下眼，开口问："无聊吗？"

后座那小姑娘羿明显一愣。

殷思秋的声音闷声闷气，自衣服里传出来："啊？没有无聊啊。"

坐在沈枫的自行车后座，叫她怎么无聊得起来，连发呆走神都是一种奢侈体验。

沈枫："马上到了。"

如同感应一般，红灯即刻跳绿。

自行车车轮再次转动起来，将春夜抛在身后。

沈枫骑进小区，又问了楼号，将殷思秋直接送到她家楼下。

殷思秋掀开卫衣外套，单脚跳下车，动作看起来有点僵硬。她将衣服抖了抖，再还给沈枫。

她声音细若蚊蚋："谢谢你，沈枫。"

话音未落，一滴水珠"啪嗒"一下打到她发间，激起一阵战栗凉意。

殷思秋仰起头。

居然开始下雨了。

海城今年的第一场春雨，就这般来得悄无声息，让人措手不及。

不过几秒时间，雨珠越来越密集，"噼里啪啦"地往地上掉。

殷思秋顾不上再说什么，赶紧一把拉住了沈枫的衣摆，将他拉到了楼道外廊檐下躲雨。

"下雨了。"

"嗯。"

她期期艾艾，抬头，觑了沈枫一眼："……那你带伞了吗？"

沈枫没说话。

那就是没有。

殷思秋想了一下，再次开口："要不要去我家坐一会儿？等雨停了再走。"

"……"

生怕沈枫误解，她连忙补充道："我爸妈都下班在家的。要是知道有同学送我回来，还让你冒雨骑车回去，实在太没礼貌了，肯定要被说的。或者……你不愿意的话，我上去给你拿雨衣，行吗？"

这个夜，注定不平凡。

沈枫停顿片刻，出去锁了车，很快，又折返回来。

他语气波澜不惊："走吧，去你家借雨衣。"

殷思秋领着沈枫上楼。

老式小区，又有电梯占据位置，楼道略显逼仄。再加上还有住户将鞋柜和杂物放到走廊里，林林总总堆在一起，不怎么好看。

沈枫年纪虽小，但模样气质超群，总难免与这般场景格格不入。

殷思秋抿了抿唇，有些不好意思地小声道："小心一点。"

沈枫一愣，垂下眼，看向她一瘸一拐的走姿。

他忍不住有点想笑。

到底是谁才应该小心一点？

然而，殷思秋并没有注意到这道目光，人已经站在自己家门口。

她摸出钥匙，将房门打开，又朝着里头低低地喊了一声。

"爸，妈……"

沈枫站在原地，收了笑意，嘴唇轻轻碰了下。

这两个称呼，在他听起来，无比陌生，似乎已经是上辈子的记忆了。

他忍不住侧耳细听。

房门被殷思秋推得半开，里头的声音传出来，应该是隔了点距离在和她一问一答。

"秋秋，今天怎么这么晚？"

"……怎么又受伤了？怎么回事啊你，没几个月就要高考了，你也不小心一点……"

"啊？同学送你回来的？那快请人家进来啊。"

下一秒，一个女人的身影出现在门边。

她看起来不到四十岁，长得和殷思秋十分相像，都是圆眼睛，皮肤白皙，十分柔和的模样。

应该就是殷思秋的母亲。

沈枫有点不知道该如何应付这场面，只稍点点头："阿姨，您好。"

看清沈枫的长相后，殷母明显一愣，但很快便反应过来："同学你好你好，快进来吧，今天真是麻烦你……"

殷母讲着一口标准普通话，不似海城人，哪怕是普通话里也免不了带上些方言尾音。

沈枫想到什么，不自觉地攥紧了拳头，但表情却没有丝毫变化，依旧带着恰到好处的礼貌。

他说："不麻烦了，我借一下雨衣就走。谢谢您。"

几分钟后，殷思秋拎着一件藏青色雨衣，一跳一跳地挪出来。

沈枫往前一步，自然地从她手中接过雨衣。

"我先走了。明天见。"

殷思秋："……明天见。"

她没有把这三个字放在心上，只当作告别之词。

但今天这一整天的经历，已经足够殷思秋一整晚辗转反侧、难以入睡了。

已至夜深。

脚踝似乎比白天疼上许多。

殷思秋去冰箱拿了新冰袋，重新按上去。

人干脆顺势坐进沙发，直着眼发呆。

她好喜欢今天的沈枫。

因为，两人之间那道墙变得比过去的每一天，都薄了许多。

他就像一个普通好友。

像丁晴一样。

送她去医务室，担心她受伤，安慰她，还骑车送她回家。

可是，殷思秋很清楚，那些都只是因为那副被退回的耳机，而已。沈枫看似冷冰冰，实则十分温柔心软，估计是想到上次自己因为买耳机摔跤，才决定帮助她一下来弥补。

他也确实是这么说的。

所以，一切都只是一场镜花水月。

等她伤好，就会彻底消散不见。

后半夜就停了雨。

翌日。

天色明亮。

殷思秋带着硕大一对黑眼圈，扶着墙慢慢走出楼道。

"殷思秋。"

熟悉的声音自身侧响起。

她浑身一僵，条件反射般地扭过头去，与沈枫对上视线。

他还是昨天那个模样——校服，自行车，一件卫衣搭在肩头，硬生生将海实的校服穿出了一身模特款气质。

少年清冷又桀骜，比日光更夺目。

殷思秋怔了怔，有些不敢置信。

"沈枫！你怎么在这里啊？"

沈枫："带你去学校。"

这下，殷思秋是真的呆住了。

好半天，她理智归位，才手忙脚乱地摆手："不、不用这么麻烦啊……"

"不麻烦。"

说完，沈枫抬起手腕，看了眼手表，以眼神示意她赶紧。

殷思秋讷讷半晌，到底是坐上了自行车的后座。

沈枫故技重施，将卫衣轻轻罩到她头上，遮住她脸。

这是第三次了。

估计也是怕被同学看到非议吧。

殷思秋想。

下一瞬，有一双手隔着布料，轻轻碰到她耳垂。

"……"

沈枫似乎是摸索了一下，确定位置后，掀开一点点衣服，将手指伸进来。

没等殷思秋反应过来，耳朵里就被他塞了个蓝牙耳机。

耳机的音质极佳，隔音效果也好，与她那天买的那种不能比。

没过几秒，乐声像是流水一般潺潺流淌开来。

温和男声在耳边低吟浅唱："缓缓飘落的枫叶像思念／我点燃烛火温暖岁末的秋天……"

自行车车轮开始转动。

殷思秋攥紧了身前男生的衣服，悄悄记了几句歌词。

一直到进了学校，她偷偷摸去厕所，用手机查了一下歌词。

原来，这首歌叫《枫》。

是沈枫的枫。

她抿着唇，眼睛弯弯的，嘴角也不自觉地抿出一对酒窝。

此刻，春天刚刚伊始。

殷思秋竟然已经开始想念秋天。

03

三月悄然而过，快得叫人来不及细细品味。

殷思秋早就能活蹦乱跳，用不着麻烦接送，自然地，和沈枫的关系也退回到了原点。

但没关系。

他早在她心上陨落。

转眼，高三第二次高考模拟考试近在眼前。

殷思秋一模考砸，这次依旧没什么底气，也再没工夫东想西想，强迫自己专注在刷题上。

直到考前几天，她才后知后觉——沈枫能说话这件事，在无声无息中，好像所有人都已然知晓。

试图搭讪他的女孩子骤然增多，连高三紧张的课业都拦不住她们的决心。

毕竟，像沈枫这种男生，错过一次，也不知道什么时候才能遇到。

没有人比殷思秋更清楚这点。

是日。

晚自习开始前夕，霞光漫天。

殷思秋与丁晴一司去学校外面吃晚饭。

丁晴手里捧一罐红牛，语速比平时慢了半拍："亲爱的，你要

生日了是吧？"

她点点头："嗯。"

"有什么计划没有？高中时期的最后一次生日了，前两年咱们都没有一起过过呢！"

殷思秋的生日是 4 月 4 日，每年都正好卡进清明小长假，各家都有扫墓之类的活动，时间很难凑上。

再加上，她在班上并不是什么社交达人。虽然不似初中那会儿受人冷眼，但也没几个朋友能真心实意称得上闺蜜，都只是普通同学，泛泛之交，自然没念头搞什么聚会。

听到丁晴问起，殷思秋想了想，表情有些犹豫："没什么吧……马上就要高考了，小长假还得补课呢……"

丁晴："说得也是。但是没关系，就算没有生日聚会，礼物还是给你准备了哈！期待一下哦。"

"好啊，谢谢晴晴。"

殷思秋轻轻笑了笑。

丁晴喝了口红牛，见好友这般表情，忍不住长长地叹口气，压低了声音，问："宝贝儿，正好有个事我想问你。你是不是打算和沈枫报一个地方的学校呢？"

闻言，殷思秋微微一怔。

不过片刻，她倏地反应过来丁晴的言下之意，脸颊"唰"一下烧得滚烫，整个人都有些茫然无措，只能红着脸摆手："怎么可能……"

丁晴耸耸肩，将红牛罐子随手丢进路边的垃圾桶里，抬起手，又拍了拍殷思秋的肩膀："别紧张，随便聊聊呀。"

"……"

“这有什么不好意思的，我又不会笑你。”

丁晴性格跳脱，平时表现得大大咧咧，但并不代表她心思不够敏锐。更何况，她和殷思秋还经常形影不离。

有些事，本就是旁观者清。

殷思秋用力握了握拳，良久，终于再次开口：“晴晴，我……”

丁晴豪爽地一挥手，干脆利落地打断她未出口的解释。

丁晴飞快地说：“别的无所谓，就是亲爱的，你可别在报志愿和高考的时候做什么傻事啊！”

小说里不是经常会有那种剧情吗？为了控分，故意少做一道大题。但到殷思秋这里，她的成绩不算特别好，要想和年级第一的沈枫一起考进清北，可能性基本为零，压根儿就不存在自主控分这回事。

丁晴是怕她故意不报海城本地院校，为了同沈枫在一座城市，去报北城那些学校。

海城有本地生源优待，如果她这个分数想考去北城，能上的学校势必要降级，甚至很有可能从一流重本掉到二流院校。

想到这种情况，丁晴的目光渐渐变得严肃起来：“……秋秋，你要是犯傻，我肯定不会支持你的。”

殷思秋大抵能猜到丁晴在想什么。

黄昏的绚色中，她的脸颊被夕阳衬出殷红色泽。

顿了顿，她手忙脚乱地用力摆手。

“怎么会呢。你知道我家的情况，我爸妈好不容易才能留在这里，我也不会离开海城的。”

也因此，殷思秋才那么早就做好了分道扬镳的准备，才会急不可耐地屡次冒进。

直至此刻，到破绽百出的境地。

丁晴松了口气："那就好。那我肯定百分百支持你呀。有什么不能说的啦！"

说话的工夫，两人已经走出学校。

晚自习即将开始，为了节省时间回教室，她们选择去便利店买盒饭。

这个点，罗森里几乎都是海实的高三学生。收银柜台排了好几个，冷藏柜前也有同学流连。大多三三两两走在一处，各自聊着天，将便利店不大的空间挤得满满当当。

店内气氛热烈吵闹。

殷思秋跟着丁晴走到盒饭风幕柜前。里面的东西被拿得七七八八，已经没几种可选。

殷思秋也不挑剔，随便拿了一盒鸡排饭在手上。

倒是丁晴，忍不住吐槽了一句："早知道就叫外卖了……算了，我今天就吃个蛋糕顶顶吧，晚上回家再吃别的。"

纤细手指落到旁边那格。

那里放了盒黑森林提子蛋糕。

丁晴的动作倏地一顿，似是想到了什么，扭过头，定定地看向殷思秋，目光简直称得上炯炯有神。

殷思秋不明所以。

丁晴一拍手，蛋糕也没拿，直接凑到殷思秋耳边，同她咬耳朵："秋秋，要不要我给你出谋划策？"

"什么出谋划策？"

"你不是马上生日了吗？可以用这个借口邀请沈枫啊。我跟你说，咱不能坐以待毙啊。"

"……"

殷思秋怔了怔，当即失笑。

她握住了丁晴的手腕，慢声道："你刚刚还在担心我影响高考呢。怎么变得这么快？"

丁晴："我是担心你脑子不清醒，做出影响前途的选择。但是在没有影响的前提下，你要是能得偿所愿，我肯定是为你高兴啊。虽然说已是高三，但我们也不差这两三个小时过生日嘛。十八岁呢，就应该用此生难忘的方式庆祝一下才不浪费。"

已经十八岁了呢。

殷思秋整个人微微一滞。

时间过得可真快。

不可否认，丁晴这个提议确实在她心里溅起数圈涟漪，叫她不自觉心念一动。

一想到这个可能性若是能实现，她连指尖都开始战栗起来。

如果……沈枫能为她庆祝十八岁生日……

就算明天是世界末日，大概也能笑着瞑目。

她用力咬住唇，又从货架上拿了卷曼妥思，垂下眼，自顾自地默默沉吟起来。

良久，两人排队结完账，走出罗森。

最后一抹斜阳隐没天际。

天色完全沉下来。

四月，海城虽然尚属春日，但晚风已然没了什么料峭春风的凉意。只有迎面吹来湿润气息，若有似无，好像让人灵台都清明起来，

整个人都为之一振。

殷思秋终于下定决心："晴晴，你说得对。"

她想试试。

哪怕失败头破血流，也想贪婪一次。

只要不怕难堪。

殷思秋停下脚步，一只手拿着鸡排饭，另一只手先将糖卷放进口袋，摸出手机。

微信界面里，聊天记录还停留在几周之前，她问了沈枫一道题目。

再往前滑，就是过年那会儿，沈枫突然问起白术镇，殷思秋立马找了一大串图片发给他，恨不得能将自己对故乡的一切记忆悉数从脑海里挖出来，展现给他看。

虽然最终沈枫什么都没有回复，却也依然叫人觉得欣喜。

顿了顿，殷思秋轻轻点了下输入框。

但指尖迟迟没能落下去。

丁晴也跟着她停下脚步，见状，从她手上接过盒饭，往后退了一段，退到视线绝对看不清手机屏幕的位置，将空间尽数留给她一个人。

不过数秒，殷思秋朝着丁晴腼腆地笑了笑，指腹点在虚拟键盘上，飞快地敲字。

邀请之词一气呵成，再闭上眼，狠心发送出去。

一切便是尘埃落定。

殷思秋：【沈枫，4月4日有空吗？我想邀请你参加我的生日聚会。和丁晴一起。可以吗？】

清明节前几天，海市开始阴雨绵绵。

化学 A 班教室后，高考倒计时翻到了"6"字开头。

花体字"6"像个倒置的铁锤，时时刻刻在重重敲打着每个人。

殷思秋一直没心思激动，从早到晚，头昏脑涨，只忙着刷题。直到小长假前一天，她才猛然回过神来。

明天就是生日了。

所以，深夜十二点之后，她就是成年人了。

但成年的兴奋，与沈枫答应来陪她过生日相比，几乎能称得上微不足道。

因着这种心情，当天晚上，她一直辗转反侧，难以入眠。

一抹月光透过窗帘，浅浅地打在发丝上，看起来是冰霜一样的质地。

殷思秋抱着枕头，嘴角难以控制，带上了上扬弧度。

今夜的月光，她永远都不想忘记。

见面时间定在傍晚。

这是殷思秋到海城来之后，第一次和朋友一同过生日。不知道什么地点合适，干脆选了家火锅店。

店里热气腾腾，仿佛能驱散清明雨季的潮气。

六点十分，丁晴第一个到，坐了个靠窗四人沙发位，一只手撑着下巴，另一只手百无聊赖地刷手机。

没多久，她收到信息，抬起头，精准捕捉到殷思秋的身影，立马站起身，笑着朝对方挥了挥手。

"秋秋！"

殷思秋脚步一停，目光晃过去，也跟着笑起来。

因为生日，她穿得不似在学校里那么寡淡。上半身是白色娃娃

领的长袖衬衫，下摆妥帖地塞在藏青色线条 JK 裙里，再搭打底袜和黑色小皮鞋，衬得整个人青春洋溢，气色也很好，看不太出瘦伶伶的孱弱气质了。

丁晴上下打量了她两眼，不吝夸奖："亲爱的，今天太可爱啦！"

殷思秋十分不好意思，扯了扯裙子。

"谢谢你啊。"

两人随便说了几句，便坐下身，坐到同一边沙发上。

这会儿，对面沙发位还空着，正在等待属于它，亦是属于殷思秋的那个惊喜。

幸好，没有让人等待太久。

远远地，殷思秋看到一道修长熟悉的身影，推开店门，缓步走进来，心脏霎时间揪得紧了些。

她深吸一口气，提心吊胆地站起身，喊了一句："沈枫！"

话音落下，男生便遥遥望向这边。

沈枫还是惯常那副模样，白衬衫，休闲裤，脸上没有一丝表情，像是刚从漫画里走出来一样。

对于殷思秋来说，他好像就是所有童话本身。

倏忽间，她竟然有种想要流泪的冲动。

"……沈枫，真的谢谢你愿意来陪我过生日。"

闻言，沈枫略一点头，却没应声。

他伸出手，将一个白色硬纸袋递给殷思秋。

"祝你生日快乐。"声音再不见沙哑意味，清朗如乐。

殷思秋没想到，沈枫不仅答应来，竟然还给她准备了生日礼物，一时之间有些愣怔，迟迟没有去接。

沈枫抬眸，轻轻看了她一眼，眼里有丝不解。

顿时，殷思秋反应过来，动作看起来略有些手忙脚乱，双手从他手上接过纸袋。

"谢谢啊。"

纸袋沉甸甸的，里面还装了个大盒子。

她低头瞄一眼，看不出具体是什么。

殷思秋心脏"怦怦"乱跳，勉强控制好表情，不让自己露出什么失态模样。也没有去拆开，只将纸袋放到身侧，同丁晴送的那份礼物放在一起。

丁晴一直坐在一边，没有说话。

此刻，她余光瞥过，不由得露出几分笑意来，忍不住调侃了一句："沈枫同学，啧，没想到今天能见到你。真是太给面子啦。"

沈枫已经在对面坐下，连微表情都没有变化，只略一颔首，算作招呼。

事实上，这都算是客气反应了。

殷思秋忙于刷题没有过多关注，丁晴却是几次亲眼见过他在学校里如何目中无人。

午休时分，楼梯上，他被小姑娘堵住，怯生生地问他能不能认识一下，能不能加联系方式之类。

无须多想，沈枫基本不会给什么回应，嘴唇像是粘了胶水，冷淡地紧抿着，一言不发不说，甚至连余光也欠奉，直接绕开那些女生，默默走开。

满身都是桀骜难驯。

在丁晴看来，对于沈枫来说，所有人都只是尘埃，无须在意。

任何事都不能叫他挂心。

但好像，唯独殷思秋不同。

不过她观察了许久也找不到具体缘由，只得藏在心里。

思及此，丁晴刻意夸张地撇了撇嘴，再偷偷瞄一眼沈枫。

果然，沈枫丝毫不在意她的表情，只将目光轻轻落在殷思秋身上。

殷思秋正在点菜。

她和丁晴吃过几次火锅，但从来没和沈枫一起吃过饭，从锅底开始就有些拿不定主意，不得不开口提问："沈枫，你吃辣锅吗？"

沈枫和丁晴都是海城本地人，丁晴只能吃微辣，不知道他如何。

沈枫："可以。"

殷思秋松了口气，拿笔在点菜纸上勾勾画画："那我们点个鸳鸯锅吧，一边番茄锅底，一边微辣？"

"嗯。"

"晴晴喜欢吃牛肉，我知道。沈枫，你呢？喜欢吃什么？有什么忌口吗？"

话音落下，殷思秋蓦地意识到，自己完全可以将菜单给他，让他自己点。

但没等她回过神来，沈枫很快给出回答。

他平静地答道："都可以。"

顷刻间，殷思秋又转了主意。

她不想将主动权让出去。

她想借这个理由，多听沈枫说几句话。

想他能给她回应。

哪怕……只是为了点菜。

"蔬菜呢？我和晴晴都吃娃娃菜，你喜欢什么？我们点两种吧。"

"空心菜吧。"

"饮料你喝什么？"

"可乐。"

"……"

到最后，殷思秋心情变得大好，好像比过生日这件事本身还要让人高兴。

桌上气氛也随之活跃起来。

丁晴本就能言善道，一个人就能演一台戏。哪怕沈枫不接茬，也不可能让场面尴尬下来。

没过多久，锅底和菜依次被端上来。

电磁炉开始加热，很快将汤煮沸。

水汽氤氲而起，模糊了对面男生的眉眼。

一切都好像是遥不可及的一场梦，每一秒都值得被妥帖收藏。

殷思秋攥紧了手中木筷。

晚上八点出头，火锅吃得差不多了。

三人都停了筷。

丁晴瘫在沙发位上，朝着服务生招招手："你好，麻烦你收一下桌子，还有我刚刚存在你们冰箱里的蛋糕，可不可以帮我们拿过来？谢谢。"

殷思秋愣了一下，侧过头，看向丁晴。

"晴晴……"

095

丁晴似是猜到殷思秋想说什么，拍拍她手臂，笑着打断她："6寸的小蛋糕啦，不夸张的。毕竟咱们是过十八岁生日，就算一切从简，也得吹个蜡烛许个愿哈。"

殷思秋从小在小镇长大，父母不在身边，殷奶奶也是放养她为主，没那么多讲究，每年生日下碗面、发点零花钱就应付过去了，和大城市的小朋友不能比。

不会有人想到给她买精致昂贵的蛋糕，也不会有什么吹蜡烛许愿环节。

因为没有执念，就不觉得遗憾。

但丁晴这么想着她，殷思秋依然觉得十分感动。

她来到海城，遇到的最好的事情就是认识了沈枫和丁晴。

一个是心心念念的男生。

一个是最好最好的朋友。

对她来说，一样重要。

殷思秋眼神微闪，含着笑意，用力握了握对方的手，试图将满腔感激传递过去。

"晴晴，谢谢你。"

丁晴没有说话，只紧紧反握住她。

不多时，服务生过来关掉火，飞快地将杯盘狼藉的桌面清理干净，再把蛋糕纸盒送上来，还贴心地拿来了打火机。

丁晴主动站起身，三下五除二拆了外盒。

6寸蛋糕不过两个手掌大小，外面铺一层奶油，上面用巧克力酱写了花体"Happy Birthday"字样，看起来简洁又精致。

桌对面，沈枫伸出手。

殷思秋的视线不自觉地随之移动，落到他细长的手指上。

沈枫垂着眼，表情依旧冷淡，长指却是一挑，从旁边的纸袋中翻出蜡烛，插到蛋糕上。

"嚓！"一声轻响。

他拿起打火机，按出火苗，点燃了蜡烛。

"许愿吧。"

今夜，这是沈枫第一次主动开口说话，而非被动回答两个女生的提问。

殷思秋结结实实地愣了愣。

倒是丁晴，反应极快，在旁边点头应和："是啊是啊，快快快，宝贝，快闭眼睛许愿！"

在四只眼睛的注视下，殷思秋回过神来，咬了咬唇，双手交握，闭上了眼。

半秒之内，她想好了十八岁的愿望。

她希望，沈枫也可以回头看到她。

看呀，自己是多么可笑，又多么卑微。

明明一直在对自己说，沈枫和她隔着天与地的距离，是高不可攀的，只要自己能靠近他一点点，就能够心满意足，再无奢望。

可是，到了向神明祷告的时刻，人性就会露出最贪婪的那一面。

殷思秋可以欺骗旁人，却无法欺骗自己。

事实上，心底那个声音一直尖叫。

烛光下，殷思秋睁开眼，用力吹灭了蜡烛。

与此同时，沈枫好像也被这摇曳烛光迷了心智，眼神有些飘荡，像是脱离了躯壳，不自觉地陷入回忆之中。

有多久了？

有多久没有过生日了？

快要记不清了吧。

事实上，失声这件事，沈枫从来没有对任何人说过，原因就同他生日有关。

沈家在海城算是富贵人家，从沈枫出生起，家里就给了他最好的物质条件。

与之相对，沈父沈母忙于家中生意，没有那么多时间能在家陪伴他，只有帮佣阿姨在照顾小少年的生活起居。

沈枫少年早慧，性格也被教得很好，很能体谅家人，并不会因此和父母关系疏远。

沈父沈母与他做过约定，无论多忙，每年生日都一定会赶回来陪他。

直到五年前的 10 月 19 日。

沈枫收到消息，得知父母马上就能赶回家，放学后也没有和同学打球在学校逗留，早早回到家等待。

然而，家里厨师已经将丰盛菜肴备齐，蛋糕也放进冰箱中，左等右等，却依旧没有等到两位主人回来。

夜越来越深。

转眼，日期从 19 号跳到了 20 号。

沈枫的生日过去了。

他没有收到礼物，却收到了一个改变他命运的噩耗。

警察给他们家打来电话，告知他，他父母为了赶回海城而疲劳驾驶，在邻市山路上发生车祸。

豪车冲下山崖，夫妻俩双双殒命。

此刻，需要他去确认死者身份。

这一年，小沈枫才刚刚十三岁，还只是一个初中生。

因为过一个生日，他永远失去了父母。

"沈枫？沈枫？"

熟悉的声音将他唤醒。

沈枫抬眼。

殷思秋已经将小蛋糕切好，分成三份。其中一份装在纸碟中，正要递给他，但他一直没有伸手去接。

沈枫轻咳了一声，掩饰好眼中纷乱的情绪，接过纸碟。

"谢谢。"

殷思秋："你没事吧？是不是累了？不好意思啊，叫你出来这么久……"

她语气有些忐忑的，似乎在观察他有没有不耐烦。

沈枫可以想象，但凡他露出一点点不乐意的表情，小姑娘一定会立刻慌乱起来，开始手足无措。

她总是这样，从与他成为同桌那天起，永远都是那么小心翼翼，生怕被他拒绝。

沈枫几乎可以确定，那天，如果他稍微皱一皱眉，殷思秋一定没勇气坐到他旁边那个位置。

可是，她偶尔也有胆子大的时候。

每次只要他心情不好，殷思秋就好像有心灵感应一样，会在他桌上放一卷葡萄味的曼妥思，会小声同他说"谢谢"，再试图说点其他什么话，扯开他的注意力。

语气从来都不是那么刻意，却好似一阵风，能很快驱散阴霾。

从前，沈枫从来没有吃过曼妥思，他不爱吃糖。

可是习惯好像能慢慢养成。

他轻轻捏了捏手指，再次抬头，与殷思秋对上视线。

沈枫："殷思秋，今天你十八岁了，不用再继续这么怕我。"

第三章 ❀ 白露

「我是你路上最后一个过客，最后一个春天，最后一场雪，最后一次求生的战争。」

——《凤凰》保尔·艾吕雅

01

四月底，高三第二次高考模拟考分数和学生本区排名公布。

海城没有市级层面模考，模拟考也是按照不同区来出卷进行。海实这次和另外七所学校一起参加八校联考，区级排名基本可以预估出学生水平。

再结合一模成绩，正好，五一长假回来就开始填志愿。

得益于前一阵临阵磨枪，殷思秋比一模发挥好了不少，排名也

往上走了一截。除了英语还稍微有点拖后腿，其他科目都呈现平稳状态。

按照这种情况，志愿可选范围就开阔了许多。

海市高考录取遵循平行志愿原则，加上本市教育资源发达，本地院校众多，随便怎么填都不至于滑档，保底末流一本肯定没有问题。

只不过，殷思秋本人好像却没有多高兴。

是夜。

华灯初上。

海城天气不好，夜空黑蒙蒙，丝毫不见月光与星星。

殷思秋坐在写字台前，手里捏紧成绩条，低垂着眼，表情看起来有些凝重。

事实上，哪怕没有沈枫做干扰因素，她对未来也依旧迷茫。

"耳旁风"早就耳提面命过，志愿填报是大事，一定要深思熟虑。无论是院校还是专业，都得细细斟酌。

丁晴能言善道，想当化学老师，早就想好第一志愿要填师范院校。

海城有两所师范院校，一本、二本各一个，怎么都不会出错。

那她呢？

她以后想做什么？

高二选科时，因为得知沈枫选了化学，殷思秋脑袋一热，当即跟着一起选。

几乎是什么都没有多想，只想奔着一条路走到黑。

到现在分道扬镳之际，一腔孤勇反倒越发相形见绌。

她不自觉地蹙了蹙眉。

正迟疑时，门口传来敲门声。

"咚咚！"

殷思秋揾过去，见到母亲推门走进来，手上端了杯牛奶。

"妈。"

殷母点点头，将牛奶放到她手边，温声问道："我收到庞老师的消息了，说下周开毕业生家长会。你们的成绩单已经下来了吗？"

这个问题，殷思秋避无可避。

毕竟是高考生，哪怕父母工作再忙，她平日再懂事，也不可能完全不关注她。

殷思秋不自觉地抿了抿唇，收敛起神情，点了头，把手中的成绩条递给母亲。

前面各科分数，殷母不过一扫而过，主要还是学校和区排名。

数字比一模那会儿小了不少。

殷母脸上露出一抹松快笑意来。

"挺好的，有进步了。想好要上什么学校了吗？"

"……"

殷思秋没说话，只有些惴惴不安地握紧了玻璃杯。

牛奶还带着温热，从杯壁传到掌心，似是能带给她些许力量。

殷母从旁拉了张凳子来，坐到她旁边，一副要促膝长谈的架势。

她淡声道："秋秋，前几天我和你爸爸商量了一下，志愿怎么填、想上什么学校、学什么专业，我们不会太过干涉你，也不强迫你留在海市。单一个要求，要选在大城市的学校。"

殷思秋没想到母亲会这么说，一时之间，瞪大了眼睛。

殷母："我和你爸爸都是小地方来的，好不容易在大城市扎了根，知道两处的差距。没指望你学成以后大富大贵，但也不能倒退回去。

妈不是说白术不如海城，是大城市的就业机会、医疗等各种基础设备都要更多更好一些。你明白的吧？"

明白。

当然明白。

殷家夫妻俩勤勤恳恳大半辈子，总算混成了半个海市人，自认在高楼大厦中有了一席之地，哪还愿意回到老家那种小地方。

这是个人选择，旁人无可指摘。

殷思秋并不觉得父母有什么做得不好，虽然因为工作忙，曾经将她放在白术镇，当了数年留守儿童，但奶奶也对她极好，没有丝毫叫人怨怼之处。

可是，纵使母亲这般讲，她难道真的就能选择第一档的学校，跟沈枫一同去北城了吗？

考大学不是高中选科，还可以继续这么草率吗？

更何况，她和沈枫，哪怕关系拉近了许多，但也没有超过普通好朋友的界限。

未来，等"沈枫"这两个字褪色，时过境迁成为回忆之后，她自己会后悔吗？

……

说完想法后，殷母还宽慰鼓励了几句，陡然又提起其他话题。

"不过，秋秋，你这一阵真的越来越瘦了，看看你这个手臂。是不是在学校里没有好好吃饭？高考虽然重要，但也不能把身体搞坏了。瘦成这样，别是胃出了什么毛病吧？你是不知道，胃病那就是一辈子的麻烦，后面想补都补不回来了。"

殷思秋低头瞅了瞅自己手腕。

确实是瘦了些。

骨头都凸出来了不少。

这般看来，瘦骨伶仃的羸弱感越发强烈，整个人看着像是纸片一样。

不过，倒也不是这一阵，是从高三上半学期就开始瘦了。想着多半是因为压力太大，一直食欲不振，才慢慢瘦下去的，完全没有因此胃疼过。

她不以为意："知道了妈，饭没落下过。再说，高三作业多，睡得少，瘦也正常啊，反正还有一个多月，考完在家里躺几天就会胖回去了。"

殷母想了想，觉得也有道理，这才慢慢点点头，留下一句"早点休息"后，悄无声息地起身离开，反手轻轻合上门。

没了母亲在旁，台灯下，殷思秋表情逐渐开始挣扎起来。

像有一簇火苗映着橙黄灯光，要破土而出一般，将整个人都烧成灰烬才会罢休。

她沉吟许久，弯下腰去，伸手拉开最底下一层抽屉。

里头躺了一个大盒子。

殷思秋将盒子打开，从里面拿出一个白色拍立得相机，紧紧握在手中。

这是沈枫送绐她的生日礼物。

那天回到家，她已经拆开来，又上网查了价格。比她买的那副蓝牙耳机稍贵一些，但也不是非常离谱的价格，应该可以坦然收下，还能顺便给她一个可礼的机会。

好像两人之间，羁绊就这般成了半分，后面即会有无尽可能。

殷思秋把拍立得放到一边，又从盒子里拿出相纸。

拍立得的相纸和普通胶卷不同，很贵，拍一张就是一张。纵然她平时会存零花钱，手头不拮据，也舍不得胡乱折腾。

礼物拿到手，就试拍时拍了一张，再没用过。

这会儿，她装好相纸，将那张被她捏皱的成绩条展开、铺平，放到灯光下，对着按了一张。

相片从相机里缓缓吐出来。

但还得等一等才会成像，现在还是一片模模糊糊的白，好似她模糊不清的内心一样。

纵使分数排名已然成了定局。

殷思秋放下拍立得，深吸一口气，轻轻拿起手机。

她先解锁手机屏幕，再点出沈枫的微信聊天框。

既然，沈枫叫她不要那么害怕，那到这种时刻，她应该勇敢一些，不是吗？

她咬着下唇，小心翼翼地往输入框里打字。

殷思秋：【沈枫，你志愿准备怎么报呀？】

发出去之后，倏地又觉得冒昧。

她只得再连忙补上下一句。

殷思秋：【丁晴要上师范，但是我不想当老师，想参考一下其他同学是怎么填的。】

沈枫回得很快。

没过几秒，新消息就跳出来，让人心脏也跟着猛烈一跳。

她深吸一口气，点开。

沈枫：【F大。】

答案简洁明了。

殷思秋却是愣住了。

F大也是国内顶尖名校，排名前四，但总归是屈居清北之下。按照沈枫全区前三的排名，只要高考稳定发挥，哪怕不拿自招和加分，进清北几乎是毫无悬念。

他和别人不同，第一志愿那就是最终志愿，压根儿不必在意什么平行志愿，都不需要在意志愿表后面那几行。

他说F大，放弃填清北，必然就能进F大。

对殷思秋来说，更重要的是，清北都在北城。

千里之外，山海相隔。

但F大却就在海城。

甚至，距离海城实验中学都没有多远，骑个自行车过去，和从海实骑到殷思秋家距离也差不了多少。

如果真是这样，她岂不是……岂不是不用再纠结什么了？

殷思秋怔松片刻，眼睛微微发亮。

想了会儿，她直起腰，小心翼翼地打字回复：【你不填更好的学校吗？】

沈枫：【没打算离开海城。】

沈枫：【怎么了？】

沈枫：【你准备考去别的地方？需要我帮忙参考一下吗？】

殷思秋没料到他会反问，连忙飞快地敲字：【没有没有，我就是想，你成绩这么好，学校肯定指望着你上清北呢。】

别墅里，沈枫握着手机，轻轻牵了牵唇。

这小姑娘，几句话就露了底，估计还觉得自己藏得很好呢。

于沈枫看来，殷思秋那点心思，确实是破绽百出。

初中，父母意外离世那会儿，他不过是半大少年，再懂事成熟，也不比成年人，痛失双亲，又应激失声，厌世心理重得很，看什么都不顺眼。

对于这个可怜巴巴的转校生同桌，他压根儿没多给什么眼神，只当她是空气，自顾自地将一切屏蔽，活在自己的世界里。

只是，架不住一卷又一卷的曼妥思从旁贿赂而来。

像是一粒粒小石子，拼命敲击着石墙。

携雷霆万钧之势，誓要水滴石穿。

两人共处了大半个初中，高一分班分开一年，高二又重新做回同班同学。

大半中学生涯，小姑娘像是一道影子，小心翼翼，悄无声息，却又如影随形。

沈枫脑子聪明，很多事，只消看一眼，就能领悟。

殷思秋实在太好懂了。

他明白。

可是，他早就是孑然一身的鬼，年纪尚小，很多事又自顾不暇，给不出小姑娘任何答复，只能这样不咸不淡、状若无事地继续下去。

沈枫也没有想到，殷思秋那么执着且长情，执着地跟着他这个边缘人跑，千方百计地试图和他搭话，看他眼色。

长情地只吃葡萄口味的曼妥思，还要分享给他。

潜移默化之中，这种漫不经心被悄然打破。

契机也很奇妙，就在上次殷思秋给他送耳机的时候。沈枫站在教室门外，听到了殷思秋和丁晴的那番话。

他只需随便一猜，就能猜出来，殷思秋是为了去买耳机，才摔伤了腿。

那一刻，耳机就躺在他口袋里。

然而，距离他生日才过去没有几天。如果强行要说，它也可以称得上一份生日礼物。

霎时间，一阵心悸涌上来，席卷全身。

沈枫自己都不知道，为什么会那么恼火，却又觉得无比后怕。

生气到冲殷思秋发火。

生气到竟然能意外说出话来。

过后再仔细想想，大抵是因为他父母就是为了准时给他过一个生日，才出了车祸。现在，又有一个人，因为给他送生日礼物而受伤吗？

他无法接受这件事。

可是，若说殷思秋与旁人一般，只是一个叫人浑不在意的角色，她一厢情愿讨好他而受伤，又与他何干呢？又怎么会让他气急攻心，大发雷霆到拂袖而去？

再多借口，连沈枫自己都无法说服自己。

……

沈枫：【嗯，我从来没考虑过去北城。】

沈枫：【你呢？是准备留在海市了吗？】

他放下手机。

高考完。

等高考完。

不能影响殷思秋。

还有一个多月，很多事开始变得让人期待起来。

确定沈枫要报 F 大之后，殷思秋确实是彻底冷静下来。

沈枫留在海城，自己也上不了 F 大。

她不再考虑其他因素，反倒能更好地为自己的未来设想。

海城高考政策和其他城市不同，也尚未开始实行新高考，依旧是"3+1"选科模式。志愿虽分文理科录取，但文理大科里，专业却很少有明确对应科目要求。

这意思就是说，殷思秋高中选的"+1"科目是化学，不代表大学只能选择偏向化学类的专业，其他也可以选择，类似物理学、应用数学、医学之类，皆可。

殷思秋没有什么特别感兴趣的，前思后想之后，决定优先选择学校。在自己能上的最优院校里，再去挑专业。

一番比对之后，所有平行志愿全部敲定。

志愿表上交，算得上某种意义上的"尘埃落定"，之后，只能各凭天意。

时间过得悄无声息。

初夏终于来临。

今年海城气候不似往年，虽然气温日渐升高，但倒也没有过于闷热，总体来说还算怡人，好像是个好预兆。

按照惯例,海实六月初就结束上课,留一周时间给同学自主答疑,最后查漏补缺。

殷思秋和丁晴都不想去学校，干脆提前约好在学校附近一家汉堡王里一起复习。

正值工作日，加之也不是饭点，汉堡王里几乎没有什么客人，安静得不像话。

殷思秋和丁晴拣了靠窗位置坐下。

错题本和笔记本摊满桌面，草稿纸、各色水笔也是四处散落，成功将小吃托盘挤到角落。

丁晴解完一道函数题，直起身，撑着脖子，长长地叹了口气。

"好烦……秋秋，你说说，这时候再做题有什么用啊？以我多年考试经验来分析，一般临考前复习的内容，多半都不会考。咱还不如趁着放假赶紧去庙里拜拜，感觉更有用一点。"

殷思秋笑起来，慢吞吞地开口："你没听'耳旁风'说吗？临阵磨枪，不快也光。万一正好就考到同一个知识点呢？"

丁晴："可是太好烦，完全看不进去。"

毕竟高考就在几天之后，十年寒窗苦读，成败在此一举，人心浮动无法避免。

对此，殷思秋也没什么办法。

说实话，她这几天总觉得身体不太舒服，很难集中注意力。

但要说具体是哪里不舒服，却也说不太出来。

跟家长说了，好像只是平白引得人担心，只得作罢。

她拧了拧眉头，合上习题册答案，温声道："坚持一下。也就几个睁眼闭眼的工夫了。"

是安抚丁晴，也是在安抚自己。

越是这种时候，好像每一秒都越是难熬。

不过，再难熬，时间流速也不会变快或是变慢。

6 月 5 日是海实最后一个答疑日。

殷思秋和丁晴去了学校，将这两天复习出来的错漏点各自让老师再解释了一会儿，以求万无一失。

走出海实大门时，外头还是阳光烈日。

时间尚早。

倏地，手机在口袋里振动了一下。

殷思秋停下脚步，将手机摸出来。

沈枫：【在哪里？】

她微微一怔，冲着丁晴比了个"稍等"的手势，低下头，开始飞快地打字。

殷思秋：【刚刚答疑完，在学校，马上要走了。】

殷思秋：【怎么了？是有什么事找我吗？】

沈枫没回复，直接拨了个微信语音电话过来。

殷思秋心跳有些失衡，深吸一口气，才小心翼翼地接起来："沈枫？"

隔着电波，沈枫的声音变得有一丝陌生，但语气却不似平日里那么冷淡，反倒叫人能察觉出熟稔感。

他慢条斯理地问："殷思秋，你下午还要继续复习吗？"

殷思秋不明所以，轻轻"啊"了一声。

她看向丁晴，略有些迟疑。

"……应该不了吧，现在也复习不进去什么了。可能休息一下，明天再做两套卷子保持手感就好了。"

毕竟，后天就要进考场，这会儿再挣扎，稍微迟了点，倒也不必继续争分夺秒。

此时，丁晴已经听懂两人在说什么，笑着插嘴道："咱们准备一会儿先去坐两趟海盗船解压，沈枫同学，你要不要一起来？"

"……"

似乎是对她们这个"海盗船"计划有点无语，沈枫沉默数秒。

顿了顿，他终于出声："站在原地等我。"

没等殷思秋回答，"嘟"一声，语音电话被对方挂断。

殷思秋一只手握着手机，表情略有些迷茫。

"……沈枫让我在这里等他。"

丁晴乐了："怎么，沈枫同学真打算和我们一起去放松一下啊？学霸也有压力？平时看不出来啊。"

"不知道啊。"

就算是这种时候，丁晴也不想错过凑热闹的机会。

她将手中考卷随手往书包里一塞，又摸出一把遮阳伞，撑开，将两人一同挡在伞下。再眯起眼，做好等待姿势。

"那带我一个。"

殷思秋笑了笑，没有拒绝，从口袋里摸出曼妥思，示意丁晴伸手，在她掌心挤了一颗。

放进嘴里一咬。

顿时，葡萄香气弥漫开来。

不过五六分钟，沈枫的身影出现在人行道尽头。

他应该不需要进校找老师答疑，所以没有穿校服，只穿了一身纯黑色 T 恤，底下配牛仔裤和板鞋。加上身材清瘦又颀长，气质看着清清爽爽，十分引人注目。

殷思秋凝了凝神。

原来，沈枫穿黑色也一样好看，并不比穿白衬衫差。

只要他出现，"天之骄子"四个字，好像就有了具体模样。

眨眼间，人已经站在面前。

沈枫身高有一米八五，对着两个小姑娘，视线难以平行，颇有

点居高临下的意味。

大抵，殷思秋永远只能仰望他。

沈枫不知道小姑娘在想什么，淡声开口："我带你俩去解压。"

丁晴："海盗船？"

"不是。"

他没再解释，微微侧过身，示意两人跟着他走。

由于对方是沈枫，殷思秋自是毫不犹豫，连带着丁晴也没法再提出异议。

三人打了辆车，往附近商场而去。

车内，因为没人主动说话，气氛一时有些沉默。

殷思秋有些紧张，手指不由自主地抠了抠虎口。她又想到什么般，再次将曼妥思糖卷摸出来，给了丁晴一颗。

停顿一瞬后，她直起身，整个人往前，手指轻轻点了下沈枫的肩膀。

沈枫回过头，目光如炬，直直看向她。

殷思秋被他瞧得耳尖不自觉泛红，勉力抿了抿唇，冲他摇了下糖卷。

她今天没有带没拆过封的糖，手头只有这一卷。

但，殷思秋十分了解沈枫，两人当了好多年同桌，她为了感谢他，偷偷给他塞过很多曼妥思。若是直接拿拆过封的给他挤一颗，他绝对不会伸手。

可是她和丁晴在后排吃糖，总不能将他忽略过去，只能硬着头皮问。

结果，殷思秋完全没想到，沈枫竟然第一次朝她摊开了手。

十分反常。

他手掌很大，一指却纤细，平铺开来也极为漂亮精致。紫色的糖粒躺在他掌心，衬得皮肤更为白皙，有种明丽美感。

沈枫将糖放进嘴里。

"谢谢。"

这下，殷思秋连话都有些说不利索了："不、不用谢……"

相识四年多来，这真的是沈枫第一次伸手。

二十分钟后，三人在商场顶楼的台球馆外站定。

丁晴："打台球?"

沈枫"嗯"一声。

话虽然是对着两人一同问，但他的目光却落到殷思秋脸上："会吗?"

殷思秋没说话，只轻轻摇了摇头。

她生得无趣，到海城来之后，每天只有两件事：学习、偷偷关注沈枫。那些同学间流行的娱乐活动，因为少有机会接触，几乎是样样不行。

丁晴倒是说："会一点。"

沈枫没再多问什么，推开了玻璃门，领着两个女生一块儿进去。

这个点，台球馆里没什么人。

沈枫去前台付钱开了张台子，再拿来三根球杆，分给丁晴和殷思秋。他一边摆球，一边低声给殷思秋解释规则。声音不急不缓，音色十分好听。

因为只是随便玩玩，倒不用讲究那么多。只按照上手容易的8球打法，两边各打全色球和双色球，以最后黑球入袋者为胜，听起

115

来非常好懂。

但殷思秋从来没摸过球杆，甚至连出杆姿势都不会。

丁晴自己是半吊子水平，便只能由沈枫来教她。

说话的工夫，他人已经站在半步之外，握住球杆，给殷思秋示范了一下。

殷思秋依样画瓢，跟着弯下腰。

"……是这样吗？"

沈枫轻轻弯了弯嘴角，难得地露出一抹笑意："嗯，对。"

殷思秋："……"

很快，他意识到殷思秋的眼神，连忙收敛起表情，轻咳一声。

"肩膀放松，不要紧张。手往后握一点，视线水平向前看球。"

下一秒，沈枫的手指落到殷思秋的手腕上。

他跟着弯下腰，替她纠正了一下动作。

两人距离一下子拉近。

殷思秋呆在原地。

显然，这并非沈枫刻意之举。

意识到不妥后，他微微一顿，自然地退开身，面色不变。继而，他淡淡地开口："你打一杆试试。"

"……"

殷思秋咬住下唇，用力做了几个深呼吸。

在丁晴和沈枫的注视下，她将视线和注意力一起集中到白色主球上，右手手臂猛地发力。

"嗒！"

清脆一声响。

球杆头顺利碰到白球，将其往最近一颗全色球方向打出去。

只可惜，虽然架势摆得不错，但到底是第一次，上手失了点准度不说，力度也没能把控好。白球滚得飞快，"哗啦啦"在绿色台面上横冲直撞，却没能撞到任何一颗子球，直直地往台沿冲去。

殷思秋有些讪讪的，收起杆，偷偷觑了眼沈枫表情。

沈枫没有笑，脸上也没有丝毫嫌弃之意。

似乎是发现了殷思秋的视线，他挑了挑眉，拿着球杆绕到台球桌另一侧，找好角度，再弯下腰，对准白球打了一杆。

那球就像是生了眼睛一般，稳稳碰到殷思秋之前瞄准那颗全色球，将其推进球袋之中。

这一连串动作做得十分好看，行云流水，举手投足间皆是漫不经心。叫殷思秋看来，很有点超脱同龄男生的光风霁月，比什么小说、电影的男主角都还要俊朗迷人。

沈枫收起球杆，脸上看不出什么得意之色，依旧平静淡然。

顿了顿，他开口道："再试试。没关系，解压放松心情而已，学不会也没什么。"

"……"

殷思秋张了张嘴，却不知道该说什么。

沈枫："今天不行，还有下次。"

旁边，丁晴没忍住，"扑哧"一声笑出声来。

沈枫和殷思秋停下动作，视线齐齐望过去。

丁晴连忙摆手，叠声道："没什么没什么，别管我，我笑我自己呢。"

倒不是觉得沈枫说得有多么好笑，只是，乍然间，她开始意识

117

到自己是多么亮的一盏电灯泡啊。

人家都开始相约下回见面了，她杵在中间，多少显得有些格格不入。

不过，今天这出也让丁晴更加确信，殷思秋和沈枫之间，应该绝对不该是单箭头。

但要说沈枫欲擒故纵……好像也显得有点过于偏颇。

端看高考结束之后，这层窗户纸，究竟有没有人会去挑破，大抵就能猜到一些。

啧。

旁观者都觉得期待。

丁晴又在心里笑了一声。

只可惜，殷思秋的注意力集中在球台上，并没有想太多。

况且，纵使是想，她也不敢往那方面去猜。

有些事情念得太久，脱离循序渐进的步调，会变得越来越像妄想。犹如久旱之人初逢甘霖，稍有点旖思，就容易让自己变得疯狂起来，彻底失控。

就像刚刚沈枫靠近时那样，心理防线瞬间坍塌。

但现在可不是什么好时候。

殷思秋很清楚这点。

她抿了抿唇，没有顺着这话深思，自顾自地轻轻点头，冲着沈枫应声："好，我再试试。"

说完，她当即眯起眼，又用球杆比画了一下方向，弯下腰，继续专注地尝试。

这么练习一会儿下来，还有高手指点，殷思秋终于勉强掌握了

118

一些技巧，不至于再打空白球不说，十个球里还能打进一两个。和丁晴一组，也不至于太拖她后腿。

不过，沈枫明显精于此道，哪怕频频不经意放水，她们两个小姑娘也显然不是他的对手。

再次清了台，沈枫不再下场，只站在旁边，让丁晴和殷思秋玩。

绵长视线落在球台上，微微一顿，又不经意转到殷思秋身上。

此刻，因为运动过量，殷思秋额头上浮出了一些汗珠，脸颊上也泛起红潮。

许是心情兴奋，她眼睛亮晶晶的，衬得人看起来明媚不少。

沈枫勾了勾唇。

外头天气算不得十分炎热，但到底已是六月，台球馆里一直开着空调。

冷气簌簌往下打，蔓延每个角落。

倏地，沈枫转过身，大步往前台走去。

不过片刻，他又回到台边，手上拿了两杯温水和一大包纸巾。

他沉声开口，叫停了两人，将一次性纸杯拿给她们。

"先擦一下汗，小心感冒。"

本来是考前来放松心情，试图缓解压力。如果不小心生了病，那才是得不偿失。

殷思秋愣了愣，条件反射般地望向沈枫。好半晌，她才伸手接过纸杯，声音略有些迟疑："谢谢……"

倒是丁晴，丝毫不客气，笑眯眯地开口："虽然我是沾光的，不过这个光也沾得哈。谢啦，沈枫同学。"

沈枫默不作声。

既不承认，也不否认。

一派誓要将这个哑谜进行到底的架势。

时间过得总是既快又慢。

三人在台球馆消磨了小半个下午，回过神来，已是四点。

放松也要有个度，后天就要高考，应考生总不好提前放假，还是得回家去养精蓄锐才行。

三人一同走出台球馆。

丁晴她家里有人来接，没法和殷思秋一起走，只得提前摆手道别。

"秋秋，咱们考场见？"

明天是考前最后一天，学校没老师答疑，两人本也没打算再出门。

殷思秋点点头："嗯，考场见。"

丁晴笑了笑，又朝沈枫挥挥手。

"沈枫同学，今天谢啦。不得不说，你这个活动确实比海盗船爽多了……虽然咱们都在一个考点，不过也不确定后天早上能不能碰到，就提前祝你考试顺利吧。"

对于沈枫这种学霸，什么祝福都是客套话。

他只要不在考场突发急性阑尾炎，或者是不小心睡着之类，再怎么胡乱发挥，合该都能顺利考上才对。

毕竟，人家高中三年，压根儿就没离开过年级第一宝座，哪需要她这种半吊子学渣那点鼓励和祝福啊。

沈枫"嗯"了一声，眼神清澈："你也是。"

丁晴离开后，只剩下殷思秋和沈枫两个人沉默相对。

气氛变得有些微妙起来，却也说不清是为什么。

殷思秋攥紧拳，偷偷觑了沈枫一眼，率先低声开口："那个，那我也……"

"回去了"三个字尚未完全吐出来，沈枫不紧不慢地开口打断了她未尽的告别之词。

他喊她："殷思秋。"

殷思秋微微一沛，猛地抬起头来："……嗯？"

可能是没料到她反应这么大，沈枫也有些惊讶，明显停顿了一下。

须臾，他挑了挑眉，唇边浮起些许笑意。

"没什么。你怎么回家？"

殷思秋："坐地铁吧？"

"一起？"

"嗯……嗯。"

商场楼下就有地铁站。

两人退回商场里面，搭电梯下楼。

这个点，尚未到下班高峰，商场里没什么顾客，连地铁站里的人流也显得稀疏，总觉得好像无所遁形了一般。

殷思秋不安地拢住包带。

好在，沈枫并没有看她，只安然地走在旁边，两人距离小半臂远，显得不疏远也不亲密，叫人渐渐放松下来。

地铁到站，殷思秋率先跨上去，蓦地，动作又是一顿。

"沈枫，你也往这个方向吗？"

沈枫点点头。

"嗯。"没等殷思秋再问什么，他主动报了个站名出来，"我到这站。"

距离殷思秋家那站隔了好几站，要比她更晚下车。

不过，确实是同一个方向。

那个站周边就是海城富人区，整条路除了几栋高级公寓，大部分都是洋房、别墅，悄无声息地矗立在海城这块市中心区域里，房价是连提到路名就会让人咂舌的程度。

殷思秋不是老海城人，平时也很少了解这些，并不清楚。她讷讷地点头，完全没觉得好奇。

简单交谈后，气氛再次沉寂下来。

不多时，地铁即将到达殷思秋家那个站。

广播里开始报站名。

殷思秋如梦初醒，仰起头，先看了一眼电子显示屏，再转向沈枫那边，同他对上视线。

"我到了。"

沈枫当然知道。

毕竟，之前她脚踝受伤时，他还骑车接送过她好几天呢，怎么可能这么快忘记她家地址。

他有点想笑，又怕殷思秋被牵连得无端紧张起来，只得忍住。

他目光却顺势落到她头顶。

她头发算不得很长，看起来十分柔软，梳着的马尾落到脑后，会随着她的步子轻轻摆动，像一株水草，看起来手感很好。

沈枫手心有点痒。

"……"

再等等。

还是再等等吧。

没有几天了。

他轻咳一声，稍做掩饰，到底是什么都没有做。

地铁电动门缓缓打开。

殷思秋迈出脚步。

下一秒，少年人好听的声音从她身后响起。

沈枫："殷思秋，高考加油。"语调柔软得让人觉得不可思议。

恍若梦中。

殷思秋人已经走出地铁，听到这句话，诧异地回过身去。

沈枫还在地铁里，正面无表情且专注地看着她。

接着，地铁车门开始闭合。

殷思秋再顾不上许多，隔着玻璃，冲沈枫用力地点了点头。

她会加油。

绝对。

只要是沈枫说的话，无论是什么，她都会照做。

02

如同丁晴所料，纵使在同一个考点考试，但考生茫茫，没有刻意相约，6月7日和8日两天，两人都没再遇上沈枫。

最后一道考试铃响起，殷思秋放下笔，结结实实地愣了半秒，接着，才长长地舒了一口气。

终于结束了。

好像是一场梦一样。

数年青春岁月，一长段人生旅途，便随着这几张考卷告一段落。

本来觉得十分漫长，看不到头一样，回过神来，却已经成为"过去"。

殷思秋垂下眼，随着人流，浑浑噩噩地走出教室，走出考场。

丁晴已经等在外面，大老远就能看到殷思秋，正冲着她这边挥手。

"秋秋！这里，这里！"

看起来尤为兴奋，且一派轻松。

殷思秋顿了顿，也朝她摆手示意了一下。

海城是把英语放在最后一科考。

丁晴从小就被家长送进双语培训班，英语算得上她最擅长的科目，提前十五分钟就已经全部答完。

她翻来覆去检查了会儿，实在坐不住，也怕再改动答案反倒改错，就提前十分钟交了卷。

这会儿，丁晴混在家长群里，已然等待许久。

好不容易等到殷思秋出来，丁晴三两步迎上去，挽住她的手臂，火急火燎的模样，率先开口："什么都别说，什么都别问。"

殷思秋轻声笑起来："我没打算问啊。我又不是受虐狂，绝对不对答案。"

反正知道了也没有办法去弥补什么，是死是活，等出分了再说，不能耽误心情。

丁晴："那就行。我刚收到周家奇的微信，他说晚上班上要搞活动，通宵 K 歌，算是咱们这届化学 A 班最后一次集体活动了，问咱们去不去。"

殷思秋"啊"了一声，表情变得有些迟疑。

倒不是不愿意参加最后一次集体活动，主要是 KTV 这种项目，她不怎么会唱歌，总觉得挺难融入，也怕因为自己气氛变得尴尬。

丁晴十分了解好友，并没有催促。

等两人走出人潮，远离考点学校大门后，她才慢吞吞地开口："你不如去问问沈枫去不去呀。"

闻言，殷思秋条件反射般地瞪大了眼睛。

"不好吧……"

丁晴："有什么呀，本来就是班级活动。周家奇肯定也问沈枫了。"

周家奇这个班长当了两年，当得无可指摘。就算沈枫游离于班级群体之外，大小活动也没把他忘了，每次都会问他，哪怕每次都收到一样的答案，但也不曾略过。

特别是现在，毕业分别在即，见一次少一次，活动肯定得通知到位。

丁晴笑得狡诈，继续撺掇殷思秋："要是沈枫去，你总得去吧！提前问问呗，万一呢。省得我多费口舌。"

殷思秋依旧有些踟蹰。

良久，她终于下定决心，将手机从书包前袋翻出来，握到手上，低声喃喃："沈枫会不会觉得我很突然……"

"这有什么突然的啊！他带咱们去打台球的时候，你也没觉得突然嘛。秋啊，我看你就是畏首畏尾太久了。就算是普通同学、普通异性好友，问问去不去同学聚会能算什么大事呀！"

殷思秋抿了抿唇。

那当然不同。

丁晴的想法坦坦荡荡，可是她却不坦荡。

畏首畏尾也是因为做贼心虚。

不过，在这几个月里，她确实感觉和沈枫熟稔许多。有些事曾经不敢做、不敢说、不敢问，现在却可以试试，循序渐进一番。

殷思秋深吸一口气，将微信打开，开始编辑信息。

殷思秋：【沈枫，班长刚刚通知说，晚上咱们班好像有个聚会。】

沈枫回得很快：【嗯，我收到了。】

殷思秋的指尖微微一顿，想了想，再发：【你会去吗？】

这次，沈枫没有秒回。

聊天框顶部跳出了好几次"对方正在输入"，却迟迟没有出现新消息。

殷思秋感觉自己的心脏好像都被那行字揪成了一团，透不过气来。

是圆是扁，任由人揉捏。

时间仿佛过去一万年那么久。

久到丁晴都在旁边有些不耐烦起来。

"怎么样了？沈枫说什么了啊？咋没动静了呢？"

殷思秋叹了口气，干脆将手机屏幕拿给她看。

丁晴瞄了一眼，出于礼貌，并没有细看，大抵只看到了最后那句。

她皱起眉头，嘟嘴："一个 K 歌怎么还磨磨叽叽呢？去就去，不去就不去呀……这个人怎么回事哦！"

话音未落，手机在殷思秋的掌中振动了一下，令人猝不及防。

霎时间，她脑袋变得空白，有些手忙脚乱地点开对话框。

沈枫：【你去吗？】

短短三个字，叫殷思秋反复看了几十遍。

最终，她还是抬起头，心慌意乱地决定求助好友："他这是什么意思呀？"

若是放在过去，无论心里想再多，她都不会问出来，只独自细细琢磨，横冲直撞。

但因为丁晴已经知道了她的秘密，所以，殷思秋也没什么好再掩藏的，自暴自弃地将她视为浮木，妄图从好友处得到些勇气和慰藉。

丁晴没有愧对她狗头军师之名，只稍加品味了一下，便斩钉截铁地说："既然他都这么问了，那肯定就是看你。你去他就会去。殷思秋，你大胆一点嘛！大胆设想！"

"……"

丁晴的语调里有些循循善诱："你设想一下，沈枫同学是什么意思？"

沈枫是什么意思？

殷思秋压根儿不敢设想。

希望越大，失望就越大，不是吗？

她暗恋沈枫四年多，临到离别，小火苗似乎已经经不起任何风吹日晒了。

殷思秋低下头，开始打字：【应该去的吧。】

沈枫：【我也去。】

高考结束，一大批考生彻底解放，开始狂欢，各个KTV也跟着爆满。

周家奇打电话找了好几家店，终于，约到一家还有个超大包厢的好乐迪。

外头已是暮色四合时分。

他将时间、地址，还有包间号发到班级群。

残阳像是一道余笔，霞光将天空染成油画，很有点孤勇的味道，

127

仿佛昭示了什么理所应当的情节。

殷思秋回家换了衣服，放下书包。同父母打了个招呼，再踩着橙黄色光线出门。

抵达时，月亮遥遥升起。

丁晴在好乐迪外头等着她，见到人，连忙上前。

"来来来，班上已经有人进去了。"

殷思秋的脚步却是一滞，抿了抿唇，低声问道："……沈枫呢？"

"还没来呢。不过我已经把沈枫也会来的事情跟周家奇他们讲了。这次可是咱们班的大集合，所有人都参加了，不容易啊！"

事实上，集合不集合，对于殷思秋来说，并没有什么紧要。

但她不可能将这种话说出来，只笑了笑，便同丁晴一起走进包厢。

包厢很大，用台阶分出了上下半层。

两张巨大的长条沙发，一眼看去，足以容纳几十号人。

此刻，里头已经零零散散坐了十几个人，一派热烈景象。

班上几个男生占据了上半层，正对着射灯打牌。女孩子们多围绕点歌机，叽叽喳喳地说着话。

周家奇率先注意到丁晴和殷思秋，站起身，朝两人走过来。

"你们吃晚饭了吗？"

殷思秋和丁晴齐齐摇头。

周家奇笑了声："那正好，我点了比萨，一会儿就到了。你们要上来打牌吗？"

丁晴是麦霸，视线只盯着点歌机，表情似是打算大显身手。

殷思秋和班上男生不怎么熟悉，也不怎么想加入他们，便拣了一层角落的沙发，慢慢坐进阴影之中。

不多时，包厢门反复多次被推开。

人渐渐到齐。

殷思秋开始有些坐立难安，频频望向门口方向。

那里仿佛沾了胶水，将她目光死死粘住。

沈枫怎么还没有来呢？

是不是不会来了？

微信应该是逗她的吧？

转眼，楼上的牌局越发热闹了起来，底下也轮到了丁晴的歌。

音响里传出了女生清澈的嗓音。

"……过了很久终于我愿抬头看／你就在对岸走得好慢／任由我独自在假寐与现实之间两难……"

丁晴很喜欢陈粒，经常哼她的歌。所以，殷思秋知道这首歌名叫《走马》。

但平时听她唱得含含糊糊，准确歌词却是第一次见。

她心念一动。

下一秒，男生准门而入。

走廊光线从沈枫背后打进来，投射到他眼睛里，有种不见风雪的凛然桀骜。

殷思秋差点从沙发上蹦起来，好歹还是忍住了。

只有手指紧紧握成拳头，泄露了一丝情绪。

包厢气氛也随之静默一瞬，须臾间，又被推向另一个高潮。

所有人都瞪大了眼睛。

"沈枫？！"

"沈枫来了！"

"天哪，这可是'有生之年'系列。同学一场，我还从没和沈枫一起唱过歌呢！"

……

沈枫没说话，只面无表情地在门边微微点了下头，就算作回应。

视线四下扫过，很快，落到殷思秋身上。

他大步朝她走来。

携着光。

殷思秋只觉得手脚都不是自己的了，僵硬得没法缓解。

沈枫像是无知无觉，喊了她一声"殷思秋"，顺势在她旁边坐下。

这会儿工夫，丁晴已经唱到第二段高潮。

"过了很久终于我愿抬头看 / 你就在对岸等我勇敢……"直唱得人心潮涌动。

明明几个小时前，殷思秋还清醒地知道，自己不该胡思乱想，给自己做一些无谓的假设。但现在，好像又彻底失了理智。

沈枫是什么意思呢？

为什么说那种话？

为什么真的来了？

为什么坐到她旁边？

为什么他俩相处，能让她问出这么多为什么？

两人之间横着的高墙，究竟倒塌了没有？

她究竟能靠近他多少？

等殷思秋回过神来。

沈枫从口袋里摸出一卷葡萄味的曼妥思，伸手，递到她面前。

他语带笑意："殷思秋，吃糖吗？"

殷思秋愣了愣，小心翼翼地伸出手，磕磕绊绊地答道："谢、谢谢……"

一直都是她给沈枫分享曼妥思，这还是第一次收到他给她的。

殷思秋的心跳快了不止一拍，傻傻地将糖卷握到手中，忘了做下一个动作。

沈枫："不吃吗？"

"哦……哦，吃的，谢谢你。"

殷思秋将曼妥思外面的塑料包装拆开，又把里面的纸包装撕开一截，推了一颗出来，放到嘴里。

甜味在口腔弥漫开来。

她的余光往侧边扫过。

没想到，沈枫却还是看着她，眼里含着笑意。

殷思秋蒙了一下："怎、怎么了……"

沈枫："你再吃一颗。"

这个要求可真够莫名其妙。

但既然是沈枫说的，她自然是毫不犹豫地照办。

殷思秋再撕开一截纸。

这下，她总算窥见了些许玄机。

包装纸上面好像有黑色字迹，但因为仅撕开一截，只能看见一点点笔画，不知道具体是什么。

殷思秋觑了觑沈枫，在他肯定的眼神中，小心翼翼地将所有糖粒全部推了出来，再竖着撕开。

包装纸白色那面，果然写了一行字。

对她来说，字迹也十分熟悉。

是沈枫亲手写上去的。

【以后也一直在一起吧。】

殷思秋愣住了。

良久，她抬起头来，难以置信地微微动了动唇。

"沈枫？"

她是在做梦吗？

今天是 6 月 8 日，不是愚人节……吧。

然而，无论殷思秋多么震惊，沈枫还是那副清俊模样，眉眼间，甚至有一抹清浅笑意在。

他点点头。

"我在。"

短短两个字，叫殷思秋蓦地热泪盈眶。

在这场暗恋中，她像一个苦行僧，清修多年，无怨无悔。

现在，独角戏终于落下帷幕，修行也守得云开。

十八岁生日那天许下的那个愿望，竟然就这么轻易实现了。

像做梦一样。

甚至，连做梦都不敢这样揣测。

沈枫加入了她的世界。

他是殷思秋的奇迹。

03

殷思秋在家里闷头睡了两天。

终于，丁晴一通微信语音电话将她的神志唤回来。

"殷思秋！你快点醒醒！说好的要跟我展开说说呢！都过了

四十八个小时了，人呢？怎么一句话没有就消失了？"

声音直穿云霄，简直称得上振聋发聩。

"啊……抱歉，我刚刚睡醒。"

殷思秋如梦初醒，揉了揉眼睛，坐起身来。

丁晴十分诧异："你居然还睡得着？我还以为你激动不已，在整天整夜想东想西，或者琢磨和沈枫说话的开场白呢！没想到你居然在睡觉！殷思秋，你是被人夺舍了吗？"

"……"

殷思秋讪笑一声。

这倒确实是她的风格。

丁晴足够了解她。

毕竟，那天晚上发生的事情，对殷思秋来说，就好像是想象里的剧情一样，足够叫人恍惚。

暗恋多年的男生。

令人措手不及的表白。

从一个人的独角戏，变成了两个人的故事。

我一直在喜欢你。

而恰好，现在，你可能也有点喜欢我。

这种大饼掉到谁头上，任凭谁大抵都不可能平静才是。

理应是这样。

只不过，许是因为高考这事儿牵动了太多心神，包袱一卸下来，殷思秋总觉得整个人顿时失了力气，非常疲倦，不睡觉就浑身都难受。

殷思秋叹了口气，才慢声解释道："是啊，因为太累了嘛，没精神思考太多。本来是打算睡醒了……再说，没想到迷迷糊糊睡了

这么久。"

丁晴语气依旧震惊："一直在睡？没醒过？"

"没有没有，还是起来吃过饭的。"

只是，她食欲没有恢复，吃不下什么东西，再加上人有点头昏脑涨的，吃完又马上躺下，中途也算不得太清醒。

闻言，丁晴"啧啧"称奇道："秋，我感觉，你这可能不是补觉，是昏迷吧？"

"……"

殷思秋成功被她逗笑。

这会儿工夫，殷思秋站起身，随手将房间的窗帘拉开。

窗外，阳光明媚。

天公很作美，愣是撑到高考结束，海市才开始升温。

殷思秋眯了眯眼睛，后知后觉想起来一个关键问题。

她急急忙忙地说："晚点再说，我先……先给沈枫回一下消息。"

丁晴笑着调侃了几句。

语音电话切断。

殷思秋切到微信界面，点开与沈枫的对话框。

这两天里头，沈枫也给她发过几条消息，大多是问她在做什么之类，十分日常，同过去一样，好像没有什么显著的身份转换感。

这就叫人更加觉得恍然。

此刻，殷思秋开始后知后觉，忍不住皱起眉琢磨起来。

是不是自己执念太深，产生幻觉了？

那天在 KTV，沈枫来之前，她是不是不小心喝了点酒？

沉思良久，殷思秋长长地叹了口气，干脆放弃挣扎。

总得面对现实。

想了想，她翻了个表情包出来，发送。

不到半分钟，微信语音电话再次响起。

殷思秋心脏猛烈一跳，手忙脚乱地接起来："喂。"

沈枫的声音听起来和往常一样，平静且清朗。

他问："睡醒了？"

说不出为什么，殷思秋的脸颊一下子烧起来："嗯……嗯。"

电波彼端，沈枫轻笑了一声。

"吃午饭了吗？"

殷思秋轻声答道："还没有。"

沈枫："一起吧。我过来接你。"

顿了顿，他又轻描淡写地补上了一个称呼，作为这句话的尾缀。

"……女朋友。"

等待时间总是漫长，但好像又完全不够用。

因为工作日：殷父殷母都在上班，家里只有殷思秋一人在，焦灼也不会被人发现。

这样很好。

困意早就消失殆尽，她飞快地洗了把脸，又仔细照了照镜子。

镜中女孩的脸颊看起来十分消瘦，衬得五官分明，眼睛又大又圆，像水晶葡萄一样。

笑一下，她嘴角的酒窝若隐若现。

前看后看，都还算能让自己满意。

只不过，此刻她脸色有点苍白病态，显得气色不太好。

殷思秋想了想，在旁边柜子里翻了几下，找出母亲的化妆包。

事实上，她基本不会化妆，之前也少有机会自己动手化妆，但打个粉底、上点腮红这种基础操作，还比较容易。

这般折腾了十几分钟，脸上总算看起来有了点血色。

殷思秋又回到卧室，翻箱倒柜，找合适的衣服。

这可是她和沈枫的第一次约会。

应该……算约会吧？

这种好事，若是回去告诉十七岁空有一腔孤勇的殷思秋，想必她完全不可能相信。

偏偏就落到十八岁的殷思秋脑袋上了。

哪怕只是想想，她都觉得笑意快要控制不住。

二十五分钟后，两人终于在殷思秋家楼下碰面。

沈枫还是那样，穿着一派休闲自在，但因着人高腿长，模样俊秀，愣是撑出了衣服架子的味道。

或许是因为心境改变，此刻，殷思秋贸然推翻了自己曾经关于秋天的描绘。

阳光落到少年脸上，像是这世间最热烈的一场夏天。

她咬了咬唇，再深吸一口气，小心翼翼地走上前去。

"抱歉，等很久了吧……"

虽然在收到消息第一时间，她就快步下了楼，一秒都没耽误。但这是第一次，找不到合适的开场白，只得随大流这么用一用，好像能用来缓解尴尬。

闻言，沈枫牵了牵嘴角，抬起手腕，假装瞄了一眼手表。

"不久，两分钟。"

殷思秋总觉得他语气中有点调侃意味，忍不住抬起眼，仔细地看了看他的表情。

沈枫却没再继续说，侧过头，指了指身后的自行车。

这回，他没有骑上次那辆，而是换了辆山地车，很贴心地装了后座，压着硕大轮胎，颇有点不伦不类。

殷思秋无意识地抠了抠掌心，低声开口问道："……去哪里呀？"

沈枫故作神秘："跟我走。"

殷思秋愣了愣，立马答得毫不犹豫："好。"

她两大步跨过去，跳上后座。

沈枫对她这个反应很是满意，也跟着转过身，扶住龙头。顿了顿，他变魔术一样摸出一杯奶茶，递到殷思秋手上。

奶茶杯壁冰冰凉凉，触到掌心，似是驱散了一丝暑意，叫她的灵魂都跟着战栗起来。

殷思秋的耳尖微微一红，嘴唇轻轻动了动："谢、谢谢。"

沈枫："不用谢。"

说完，他跨上自行车，载着殷思秋，踏着一地阳光，飒然而去。

山地车轮在柏油路面骨碌碌地飞快转动。

风和时间却好像静止在这一刻。

连夏天都安静下来。

殷思秋一只手握住奶茶，另一只手紧紧拽住了沈枫的衣服。

倏忽间，她有种想要尖叫的冲动。

这不是她第一次坐沈枫的自行车后座，却是第一次以"女朋友"的身份坐，感觉完全不同。

该说点什么？

总要说点什么吧。

应该说些什么，才好化解内心悸动，不是吗？

想了想，殷思秋朝着前面开口："沈枫。"

沈枫侧了侧脸："嗯？"

"之前你载我的时候，为什么非要让我盖个外套？那时候天气又不是很冷。"

她找了个安全问题，试图用闲聊拉近些距离。

沈枫沉沉地笑了一声。

转个弯，自行车穿进一条小弄堂里。

弄堂里没什么人，两边也没有车水马龙的引擎声，十分安静。

他这才漫不经心地答道："怕你不好意思。"

"……"

那会儿，算得上两人第一次近距离接触。殷思秋是女生，脸皮薄，眼神慌乱，总有点欲盖弥彰意味在里头。

沈枫是怕，若是她不敢抓他，坐在自行车后座又没有什么安全措施，万一加速或者急刹，直接人就要飞出去了。他给她脑袋上盖个衣服，挡住脸，应该能缓解一些羞怯才是。

他从没载过女孩子，这也是第一次，总得稍微多想一点。

只可惜，殷思秋当时没体会到个中深意，还当他是怕被人瞧见，引起流言蜚语太麻烦。

这会儿再说起来，她后知后觉，才越发觉得害羞，赶紧掩饰般地拿起奶茶，抿了一大口。

再转个弯，骑出这条弄堂后，自行车靠路边停下。

沈枫："到了。"

殷思秋"哦"了一声，慌慌张张地跳下车，赶紧整理了一下裙子。

她仰起头。

面前是一栋小楼，大门的招牌上写着"洋房火锅"。

沈枫将车锁好，走到殷思秋旁边，站定。

"吃火锅可以吧？我记得你上次说喜欢吃火锅。"

"嗯、嗯，可以的。"

得到回答后，沈枫点点头，往前迈了一步。蓦地，他又扭过头来，朝她伸出手。

殷思秋愣住了。

这……是什么意思？

是要和她牵手的意思吗？

说实话，她还没有做好心理准备，也还有点不真实感。

不过，身体比大脑反应更快一步，殷思秋将空着的那只手，放入沈枫的掌心里。

下一秒，对方紧紧回握住她。

十指相扣。

心跳如雷。

"扑通……扑通……"

夏天。

燥热的掌心。

永不陷落的少年爱情。

齐齐组合在一起，组成了一幅画，满满当当，丰富了殷思秋兵荒马乱的十八岁。

纵然与沈枫一起吃火锅，殷思秋还是没能吃掉太多，不过三五

片肉，加上几只虾和几瓣菜叶。

沈枫抬起头看她一眼，表情若有所思。

"吃不下了？"

殷思秋点点头："嗯。"

只是，沈枫点了一桌子菜，她看着实在有些不好意思，连忙又补充了一句："那个，要不行的话，我休息一会儿再吃……不然好像有点浪费。"

沈枫沉沉地笑了一声。

他语气漫不经心，似问非问般地说道："殷思秋，我们要继续这么客套下去吗？"

殷思秋骤然瞪大了眼睛。

沈枫："还是说，你反悔了？"

殷思秋想也不想，条件反射般地答道："怎么会！"

和沈枫在一起，这可是她多年夙愿。

是想都没有想过，仿佛遥不可及的美梦。

是她十八岁最重要的一个愿望。

又何来反悔一说？

只是，因为快乐来得太过于猝不及防，心里难免觉得患得患失，她还没有掌握好该如何与他相处才能自在轻松。

气氛凝滞数秒。

殷思秋长长地叹了口气，声音细若蚊蚋。

"沈枫，其实……"

其实我一直喜欢你。

因为太喜欢了，喜欢了太久，很多真心话，反倒变得难以张口。

沈枫似是感应到殷思秋内心的纠结，好整以暇地望着她，出声打断道："没关系。"

殷思秋"啊"了一声，眼神有点慌乱。

"没关系，慢慢来也可以。"少年脸上的表情很淡，但语气却温柔平和，"还有很长很长的时间。"

男生本就该主动一点才是。

慢慢来。

下午两点出头，一顿火锅终于吃得差不多。

沈枫去前台买了单，再折回来，问殷思秋接下来想去做什么。

距离洋房火锅不远处就有一个综合性广场，骑车过去只要十来分钟。里头有电影院和电玩城，可以俗气地一起看个电影或者去打电玩。

总之，谈恋爱嘛，只要两人待在一起，做什么都行。

殷思秋想了想，低声提议："要不然，还是去打台球吧？上次试过之后，我就一直记着，感觉蛮好玩的。"

沈枫自然是没有意见。

他将自行车锁在马路边，两人打车前往上次那家台球馆。

比之高考前，这会儿，台球馆热闹了许多，大约三分之一台前都有人。看模样，大抵皆是周围几所高中的毕业生。

沈枫熟门熟路地开台，给殷思秋挑球杆、找巧粉，动作一气呵成。

殷思秋的目光状似无意地落在他身上。

终于，她问出了那个内心十分好奇的问题："沈枫，你很喜欢打台球吗？"

她知道沈枫很会打篮球，要不然初中那会儿，也不至于被体育委员追到小树林去抓壮丁。虽然没机会见他打过，但从体育委员的

话里话外，基本也能听出沈枫的技术水平，应该是打得很好。

结果，台球他也玩得这么好。

好像没有什么事是沈枫做不好的。

那他到底更喜欢哪个？

还喜欢什么？

殷思秋虽然偷偷关注了沈枫很久，却又因为两人间如天地般不可及的距离，觉得自己从来没能了解过他。

现在，她迫不及待地想了解更多。

听到这问题，沈枫轻轻弯了弯唇，语气慢条斯理，答道："算不上很喜欢，无事做的时候会玩一下。"

沈枫家别墅里放了一张台球桌。他失语多年，几乎不与任何人接触。若是想到父母，心绪难平时，他便去自己同自己打几杆，冷静一下。

因为，台球的每一杆都需要仔细计算，全神贯注，排兵布阵，很容易迫使自己放空大脑。

久而久之，他就习惯了这项运动。

他潜意识总觉得，打台球好像能解压，也能让人平静下来。所以，那天才会带两个小姑娘来台球馆。

"哐当！"

黑球一杆入袋。

沈枫直起身，屈指，动作出其不意，轻轻敲了下殷思秋的额头。

殷思秋陡然一怔，愣愣地抬头看向他。

眼神如小鹿一样，十分人畜无害。

傻乎乎的。

沈枫忍不住笑了一声："该你开球了。在想什么走神？"

殷思秋回过神来，咬了咬唇，手指不自觉地攥紧了球杆。

她闷声说："我在想……为什么呢？"

为什么会写下那种表白的句子呢？

为什么要和她谈恋爱呢？

明明，她和他离得那么远。

在沈枫作答的那一瞬间，殷思秋蓦地意识到，有些距离，并不是靠奔跑就能弥补的。不是她问到他喜欢什么运动、喜欢什么食物，抑或是平时喜欢做什么，就能补上心里那点间隙的。

从始至终，她一直在仰望沈枫。

所以，沈枫为什么会主动对她表达喜欢呢？

或许只有确定这个答案过后，殷思秋才能做回自己。

"……"

两人对上视线。

沈枫没有说话，似是在沉吟。

良久，他平静地叹了口气，认真地答道："可能，是被曼妥思的甜味蛊惑了吧。"

于沈枫来说，一个人在黑夜里走了太久，潜意识总渴望一道月光。

殷思秋跌跌撞撞地闯入了他的森林。

他没有办法将这份温暖推开。

"挺好吃的，我很喜欢。"

殷思秋瞪大眼睛："啊……"

沈枫终于又笑起来，抬起那只空手，轻轻拍了下她头发。

"你也是。"

那天，到晚餐时分，两人才分别。

沈枫先将殷思秋送回去，再折回去拿自己的自行车。

但殷思秋却没有立刻回家，只悄悄站在楼道阴影处，目送着他走出小区，离开。

又等了等，确定人已经离开，她又跑到小区另一个门，打了辆车，回到台球馆。

这会儿，台球馆比下午更加热闹。

穿过人群与球桌，殷思秋找到了球馆经理。

"不好意思，请问，我可以把那桌的那个黑球买下来吗？"

6 月 26 日。

官方公布下午五点，教育考试院发布海市本年度高考成绩以及各批次录取分数线。

四点四十分，殷思秋和沈枫挂上了微信语音。

电脑还开着 QQ，得分神和丁晴聊天。

隔着电波，沈枫的声音里多了几分低沉沙砾质感，萦绕在耳边，很是勾人。

哪怕经过这么半个月相处，殷思秋依旧还会为此脸红心跳。她只得清了清嗓子，强行转移注意力。

她将话题岔到眼前事上，问沈枫："沈枫，你紧张吗？"

"还行。"

语音另一端，沈枫应该是在打游戏。

聊天间隙，还能听到"GAME OVER"的细微声音。

殷思秋忍不住叹了口气。

她已经知道，沈枫的第一志愿是 F 大医学院。按照往年分数线，以及沈枫模考那华丽成绩，只要他不滑铁卢到天边，确实是没什么值得担心。

不像她和丁暗，两人的成绩都如半瓶水晃荡，摇摇欲坠。除了互相发"啊好紧张""救命"之类，似乎无法抒发内心焦灼。

好在，沈枫很快意识到女朋友的心情。

他关掉游戏，戴上耳机。

声音离得更近了些。

"很紧张吗？殷思秋，别担心，我看过你最后几张测试卷，只要发挥不失误，上财大没有问题的。"

填志愿时，殷思秋将海市财大作为最优选。

财大属于 211 院校，虽然不如 985 学院，却是名号在外，认可度并不输海市几所 985 高校，分数也极高。

她分数不稳，就算填了接受志愿调剂，也不一定能上线，叫人担心。

但就算听沈枫这么说，殷思秋依旧是闷闷地"唔"了一声。

"希望。"

顿时，沈枫也不说话了。

只有细碎的键盘声在耳机里"噼里啪啦"作响。

殷思秋有些迟疑："……你在打什么？"

沈枫："我搜搜，从 F 大到财大的路线。"

殷思秋果然被他勾起了好奇心："怎么样？远吗？"

因为海市本就不大，两人又都是居住在本地，周末肯定会回家。

之前，她从来没有考虑过学校距离问题。

事实上，在殷思秋报志愿之前，已经知道沈枫要报 F 大。那时

145

候她没有什么妄想，一心只琢磨着，能在一个城市，就足以。

至少离得不远。

说不定还有机会在什么地方偶遇到。

哪能想到还有今天，这般挂着语音电话谈恋爱的画面啊。

所以说，人生真是难以预料。

谁能猜到惊喜在什么时候出现呢。

倏忽间，对于查分，殷思秋好像也没有那么担忧了。

语音那头，沈枫很是严谨，报出了几条地铁路线，再补充上一句："暑假我会去学车。"

殷思秋挠了挠脸颊："那……我也一起去学？"

"不用，夏天练车很辛苦。"沈枫顿了一下，"我会来找你。"

漫天胡地地聊上片刻。不知不觉，时针指到五。

两人一同往查分系统里输入准考证号。

因为各校的录取分数线要明天才出，只能先看个人考分。

没有任何悬念，沈枫的分数超过 F 大医学院往年分数线将近二十分，代表他基本可以随意选择专业。

关上网页，他稍微等了等。

"殷思秋？"

殷思秋软绵绵的声音响起："嗯……"

沈枫："怎么样？"

"我在查财大去年的录取线……唔，我的分数只超过去年的分数线一分。怎么办？"

每年，各个学校的录取分数线都会随着考卷难易轻微波动。一般波动不算很多，高或者低都有可能。

所以，像殷思秋这种擦线成绩，就会有点危险。

她的语气有点茫然。

倒不是说非得上财大不可，只不过，当时填志愿时，她就是按照她的水平来填的第一院校，并没有超过太多。

如果去下一个志愿，就算是考得不太好了，心理上难免会失落。

闻言，沈枫笑了起来。

"殷思秋，别担心。今年理科数学比去年的难度稍微高一点，总体分数线会降低的……我陪着你。"

幸好心理折磨只是一时。

次日，殷思秋睁开眼，摸过手机看了看，新消息已经刷满了通知栏。

大部分皆来自丁晴。

【秋！啊！我上线了！师大！！！】

【不过踩线进的，专业可能要调剂了，呜呜呜……】

【我帮你查了财大的分数线，你也踩线上了！！！咱俩可真是踩线姐妹花！LUCKY！！！】

【……】

顿时，睡意消散得干净。

殷思秋一骨碌坐起身，没急着回消息，先去翻了公示分数，再重新查了一遍成绩。

她眯起眼，两个窗口切来切去，反复确认。

确实如沈枫所说，今年总体分数线都比去年低一些。各批次分数线，连带各校的录取线皆有下滑。

财大比去年低了两分。

那这样，殷思秋就恰好高出财大录取线三分，应该怎么都不会滑档。

殷思秋长长地松了口气，手指微顿，当即切到微信界面。

半个小时前，沈枫也发来了新消息。

沈枫：【恭喜。】

沈枫：【想要什么奖励？】

短短两行字，惹得殷思秋盯着屏幕看了许久，半晌，才轻轻笑了起来。

她无端从"奖励"两个字里，品出了一丝亲昵味道来。

好像能感觉到，沈枫正在朝她走来。

这足够叫人欣喜若狂。

片刻，殷思秋总算回过神来。

想了想，她回道：【谢谢。奖励还没想好呢，能不能先欠着？】

沈枫：【可以。】

沈枫：【今天有时间吗？陪我去个地方。】

殷思秋：【好呀。】

既然约定了要见面，霎时间，时间似乎就不那么充沛了。

她先拉过数据线，给手机冲上电，再手忙脚乱地从床上爬起来，开始洗漱、翻衣服。

匆匆忙忙间，她的手肘不小心磕到了衣柜把手。

"嗞！"

一阵剧痛从大脑皮层漾开。

像是骨头裂开了一般，痛得人几乎要失去理智。

且这种痛感，顷刻间就传遍全身。

殷思秋条件反射般地倒抽一口凉气，捂住手肘，整个人立马蹲了下来。

整只手好似彻底失去知觉，完全动弹不得。

她一个人蹲在墙边，生理眼泪抑制不住地往下掉。

太疼了。

连咬牙坚持都觉得困难。

怎么会这样？

好半天——

仿佛过去了一个世纪那么久。

终于，痛感如潮水般渐渐褪去，只剩些许余韵尚存。

殷思秋咬着唇，先将眼泪抹掉，再颤颤巍巍地将手臂转过来，轻轻扳着手肘看了看。

然而，十分意外，肘部并没有什么猛烈撞击痕迹，只皮肤上有一点点红印泛出来，是粗心大意、磕磕碰碰的证据。但若是不仔细看，基本看不太出来。

一切都如同往常一样。

"嗯？"

殷思秋有些纳闷。

因为疑心刚刚是不是错觉，她拧着脑袋，皱着眉，开始翻来覆去地检查着整条手臂，但依旧是一无所获。

不知不觉，时间已经接近约定点。

她只得放弃琢磨这个小插曲，继续做出门准备。

将将半个小时过去。

殷思秋走到小区大门外，在路边的树荫下站定。

不多时，一辆车停在她面前不远处。

后座车窗降下来，露出沈枫线条优越的侧脸。

眨眼间，他已然转过头来，淡淡看向殷思秋，又朝她招了招手，示意她过去。

殷思秋抿着嘴笑了一下，三两步走到车边。

犹豫半秒，她还是拉开了后座车门。

沈枫满意地勾勾唇，往里坐了些，给殷思秋让出位置来。

两人位置便成了并肩而坐，距离不过半尺，看起来挨肩搭背一般。

车厢里，连空气都跟着局促起来。

殷思秋的耳尖有点热，但又觉得自己这般实在太过胆小，颇有点"有贼心没贼胆"味道。

毕竟，是她在一直暗恋沈枫。等人真成了她男朋友，反倒畏首畏尾、不敢逾越，实在是有些怯懦虚伪了。而且，这都正式交往半个来月了，话也说了一箩筐，自己实在没道理继续畏畏缩缩才是。

想了想，她轻咳一声，掩饰好那点羞怯，低声开口问道："你今天怎么没骑车呀？"

沈枫言简意赅："天气热。"

因为天气热，骑车难免晒到太阳。

殷思秋人看着瘦弱，肤色又白，只叫人觉得孱弱不已，理应经不得丝毫风吹雨打。

虽然，沈枫从小到大未曾和女生有过什么亲密关系，属于少年人的初次恋爱。但因为心里喜欢，自然而然，就会想要在方方面面能照顾对方。

况且，今天去做这件事，骑车也不太方便。

就是不知道殷思秋会不会喜欢了。

思及此，沈枫漫不经心地笑了起来。手机换到左手捏着，右手则是移动到两人中间，朝殷思秋默默摊开手掌。

　　殷思秋不明所以。

　　"手。"

　　下一秒，殷思秋福至心灵，陡然反应过来。

　　短短几句话内，她的耳垂再次染上一层薄红。

　　她垂下眼，默不作声地深吸一口气，慢动作一样把手放到沈枫的手掌上。

　　身侧，少年低低笑了一声。

　　大掌收拢，将她莹白的手指尽数拢在掌中，紧紧握住。

　　霎时间，因为这个小动作，两人之间仿佛变得亲密无间起来。

　　任凭心悸与暧昧氤氲开来。

　　任凭温度缓缓升高。

　　待临近中午时分，汽车拐了个弯，在路边停下。

　　两人一前一后下车。

　　殷思秋抬起头，眯了眯眼睛，略有些诧异："宠物店？"

　　沈枫站在她身后，沉沉地"嗯"了一声。

　　"你要买宠物吗？"

　　"对。害怕吗？"

　　殷思秋摇摇头，笑道："以前在白术镇的时候，奶奶家养了一条狗，我经常带着它上山去玩。"

　　她嘴角的一对小酒窝若隐若现。

　　沈枫盯着看了会儿，没忍住，抬起手，指腹轻抚了下她嘴角。

151

一触即离。

殷思秋却是愣了愣，眼睛睁得更加圆。

沈枫没给她时间细细回忆，慢条斯理地追问："后来呢？"

"后来……"

后来，奶奶去世了。

狗也死了。

属于白术镇的一切，都随着时间流逝，在逐渐离她而去。

殷思秋收敛起笑意，声音有些闷："后来，它年纪大了，可能是知道自己不行了，晚上偷偷跑进山里，再也没回来。"

沈枫有些歉意："抱歉。"

"没有没有，生老病死，自然规律嘛，很正常的。"

殷思秋摆了摆手，提起精神："别说以前的事情了，咱们先进去吗？"

"好。"

沈枫牵住殷思秋的手腕，带着她一同走进宠物店。

这家宠物店规模很大，入目处皆是各类小动物，分开关在不同的玻璃展示柜里，看起来一派热闹可爱。

殷思秋轻轻"哇"了一声，眼睛不自觉地亮起来。

沈枫松开她："你去帮我挑一个？"

闻言，殷思秋扭过头。

"不好吧？你养的话，应该看你喜欢什么……"

猫或狗，还是仓鼠、兔子之类，总不好选了个主人不喜欢的，平白叫它受了厌弃。

沈枫："我都可以。"

"为什么？"

殷思秋总算找到机会提问："沈枫，你怎么突然想到要养宠物了啊？"

突然带她来挑，到底是有什么原因呢？

沈枫垂眸，轻轻抿了抿唇。

其实也没有什么原因。

或许，只是孤单太久，想找点什么寄托罢了。

女朋友没法时时刻刻陪伴左右，只能退而求其次。

沈家别墅寂静了太多年，确实也需要一点生气，需要热闹起来。

况且，这样才好邀请小姑娘去玩嘛，借口都不用编。

但这种话，总不好讲给殷思秋听。

沈枫想了想，随口答道："就突然想养了。"

"那开学之后怎么办？"

F大医学院的校区虽然就在海城市区里，但每天回家来回折腾好像也挺麻烦？

沈枫："会有人照顾的。"

殷思秋没话可问了，再次用眼神跟沈枫确认了一遍。确定他不会更改决定后，她认真挑选起来。

在宠物店转了二十来分钟，她将每只小动物都仔细看过一遍，终于，回到沈枫身边，对着一个玻璃柜指了指："那个吧。"

沈枫走过去看了一眼。

是一条小柴犬。

圆嘟嘟的脸，看起来就很小，还没有长开。

"你喜欢这个？"

殷思秋有点纠结，也有点不好意思，捏紧手指，小声说："挺

可爱的。而且，我觉得它很适合你。"

沈枫："为什么？"

"……"

因为，从殷思秋见到沈枫的第一眼起，就觉得他很孤单、很寂寥。

少年年纪虽小，但清冷得好像不属于这个世界，随时都会抽身离开。

柴犬看着喜庆，或许能让他沾染一些快乐和热闹呢。

见殷思秋没说话，沈枫也没有执意追问，干脆利落地喊来店员，准备交钱。

一番折腾后，小柴犬拥有了俊秀帅气的新主人。

沈枫让殷思秋抱着它，自己手上则是拎了从宠物店买的狗粮、狗绳之类，还有各种用品。满满当当两大袋子，称得上满载而归。

两人回到车上。

那小柴犬丝毫不怕生，已经坐在殷思秋的腿上，和小姑娘玩作一团。

沈枫则是侧过脸，静静看着一人一狗，眸光中似是有暗潮涌动。

良久，他才慢吞吞地开口喊她："殷思秋。"

"嗯？"

"给我们的小狗取个名字吧。"

第
四
章 ④ 秋
分

「黑夜离去，我们的故事讲不完。」

——《火》鲁米

01

6月30日，海城实验中学高三毕业典礼如期举行。

很不巧，从25号开始，海城进入盛夏，迎来今年夏天第一波高温期，市区气温直奔34℃。

走出空调房间，不消片刻，就会汗流浃背。

学校将毕业典礼安排在大礼堂。

从教学楼到礼堂这一条路，头顶几乎没什么遮挡。阳光火辣辣

地打下来，叫人头晕目眩，几乎睁不开眼睛。

丁晴忍不住，开始今天的第七次抱怨："我真的是金鱼脑袋，出门居然会忘记带伞！我的天啊！今天怎么这么热啊！"

很不幸，殷思秋也没有带伞。

她只能笑了笑，安抚好友："还好啦，也不是很热。咱们走快一点，到里面就好啦。"

礼堂里有空调，而且空间大，本就会凉快一些，比太阳底下舒服多了。

两人当即加快脚步。

抵达时，礼堂里已经坐了不少同学，三五成群地闲聊着，人声鼎沸，好不热闹。

她俩在中间的空位坐下。

殷思秋摸出手机，将位置描述了一下，发微信给沈枫。

丁晴则是拿出餐巾纸，胡乱地擦起汗来，嘴里忍不住念叨："还好，还好今天就打了个底，没怎么仔细化妆。要不然这会儿脸都花得没法看了……"

顿了顿，她目光微微一转，落到殷思秋脸上，有点讶异："宝贝，你不热吗？"

殷思秋"嗯"了一声，锁上屏幕后，抬起头来，同她对视。

"还好啊，有点晒，但感觉不是很热。"

丁晴瞪大了眼睛："亲爱的，我记得好清楚，你去年还很怕热来着……你记得吗？你跟我说你老家那边，夏天没有海市这么闷，感觉这里特别热……"

殷思秋回忆了一下，好像确实有这么一件事。

白术镇四季不比海市分明，但冬夏也没有这里黏腻潮湿、海风拂面，总像是在蒸锅里一般。寒冷抑或是高温，都是爽爽快快的感觉，不会冷得热得叫人四肢百骸都感觉难受。

　　气候大相径庭，外来人待几年都觉得习惯不了。

　　不过，今年夏天倒不似往年炙热，她没有觉得很不舒服。

　　"可能是……呃，我终于已经习惯了？"

　　丁晴摇摇头，目光十分严肃，开口："秋秋，你是不是生病了呀？之前就说症状像厌食症一样，现在呢？胃口还好吗？我之前听我爸妈说，他们公司里有些同事的小孩，因为高考压力太大，很多人都生病了。之前还有个差点跳楼的，上过咱们本地新闻呢。"

　　"……"

　　"你要不去查查？宝贝，我不是咒你哈，就是你吃得这么少，又瘦了这么多，脸色也不太好，我……"

　　丁晴看着殷思秋消瘦苍白脸颊，抿了抿唇，有点担心。

　　闻言，殷思秋心里一"咯噔"，也跟着肃起表情，沉思起来。

　　这不是没有可能。

　　从去年秋末到现在，大半年过去了，她还是觉得不怎么能吃得下东西，食量骤减不说，偶尔也会有些头晕目眩。

　　之前是要高考没空，现在放假，是该去检查一下。

　　思及此，她点点头："过几天，等什么时候阴天了，我去医院……"

　　"去什么医院？"

　　话音未落，身侧传来一道低沉声线，成功打断她未尽之语。

　　两个女生齐齐扭过头，望向旁边。

　　不知何时，沈枫已经站在殷思秋旁边那个空位上，正定定地注

视着殷思秋。

因为毕业典礼要求穿校服，沈枫也没有特立独行，穿了校服白衬衫。

他眉眼精致，气质也淡漠澄静，整个人如同初见时那般，依旧清风朗月、一尘不染。

翩翩少年，合该如斯。

在殷思秋看来，沈枫却比海城夏日阳光还要灼目。

倏而，她浅浅笑了起来，朝沈枫摇摇头，岔开话题："没什么啦。你怎么来得这么早？"

按照沈枫一贯的脾气，毕业典礼这种活动，他不感兴趣，肯定不会提前到，坐在里面浪费时间才是。

沈枫没有多纠缠上一个话题。

他将手中饮料拎起来，放到殷思秋怀中，示意她和丁晴分一分，自己则是慢条斯理地在她旁边坐了下来。

"陪你。"他回答得言简意赅。

殷思秋有些脸红，连忙眨了眨眼睛："'可爱'呢？"

"可爱"是那条小柴犬的名字。

她没什么取名天赋，那天，看着小狗好似圆规画出来的圆脸和眼睛，脑子里灵光一闪，脱口而出一个形容词。

于是它就叫"可爱"了。

然而，沈枫尚未来得及作答，另一边，丁晴先忍不住调侃了起来。

她打趣道："噫！谁能想到，高冷的沈枫同学谈起恋爱来，居然这么腻歪！你俩别搁这里恶心我哈，说话收敛点！"

殷思秋张了张嘴，脸更加红了，从脸颊一路蔓延开来，连耳尖和脖颈都染上了绯色。

倒是沈枫，淡定地挑了挑眉，依旧面不改色。

"说实话都算腻歪吗？还有，'可爱'是狗的名字。"

丁晴："……"

她挥了挥手，表情装得越发受不了的模样，拼命地给殷思秋使眼色。

然而，放眼周围，礼堂里，成双成对、肆无忌惮的小情侣一点都不少，压根儿没有人再遮遮掩掩。

似乎是没了校规里"不准早恋"的桎梏，或是高考枷锁彻底解脱，再最后赶一赶高中校园恋爱末班车。眨眼间，年级里，一对一对，成了好几对。

殷思秋和沈枫他们不是特例。

但毫无疑问，绝对是最瞩目那对。

从沈枫坐下身那一刻起，除了丁晴，不少目光都悄悄瞥向了殷思秋这边。

前排有人频频转头，后排也有人与同伴在窃窃私语。

议论声穿过喧闹环境，如同一股气流一般横冲直撞，传入当事人耳中。

"是她吧，是她吧？"

"太厉害了，她叫什么名字啊？从前都没怎么注意过。"

"初中部的吧，初中一直和沈枫同班。"

"……"

"这就说明，成大事者勇者胜。咱们班那个谁，不是高一就说喜欢沈枫吗？结果因为不好意思主动搭话，搞了三年，也没和人家

说上过半句话。估计人家沈枫都不知道世界上有她这么个人……啧啧。"

丁晴没忍住，率先笑出声来。

殷思秋也不觉得生气，单纯只是有点好笑。

说实话，她和"勇者"这两个字，实在是挂不上钩。

她就像一道月光下的黯淡影子，一直小心翼翼、悄无声息地缀在沈枫后面。

眼泪掉过一箩筐。

走呀走呀，终于见到了天光。

思及此，殷思秋扭过头，深深看了沈枫一眼。

幸好。

幸好沈枫给了她这个机会。

要不然，如果今天换成其他女生坐在沈枫旁边，她绝对不会有那么好心态，只当局外人一般看个热闹。

沈枫："？"

第一次，殷思秋主动伸出手，紧紧攥住了沈枫的手指。

"沈枫。"

"嗯。"

"晴晴，你把头转过去，不要听……"

殷思秋脸颊泛红，整个人往沈枫这边蹭了许多，头凑到他耳边。声音很轻很轻，只有他们两个人能听清。

她郑重地说："殷思秋最喜欢沈枫了。"

一字一顿都是满腔真心。

沈枫没有说话，翻过手，反客为主，紧紧握住了她的手。

毕业典礼持续将近两个小时，在所有同学耐心尽失前，终于宣告结束。

　　这批高三学生，从此刻起，正式从海城实验中学毕业，也正式迈出了成人第一步。

　　时逢正午，外头阳光晒得人几乎睁不开眼睛。

　　体感闷热得像是盛夏。

　　但这都无损同学们的热情，很多人都停留在操场上拍照合影。好像不抓住这最后一点时间，就要与朋友分道扬镳，再无重聚之时一样。

　　丁晴终于借到了伞，夹在脑袋和肩膀之间，严严实实地挡在头上。她一只手拿着手机，招呼着要给殷思秋和沈枫拍照。

　　"快快快！赶紧来一张校服恋爱照，说不定以后都不会再穿校服了。总得留点什么证据，证明你俩是校园恋情哈……赶紧拍完，拍完我要和秋秋拍了！"

　　闻言，殷思秋抬起头，觑了沈枫一眼，见他没有露出不耐烦的神色，便放下心来。

　　想了想，她从包里摸出那台拍立得，摆弄了一下，交给丁晴。

　　"要不……用这个拍吧。拍完直接能拿到照片呢。"

　　而今，虽然已经是数字化信息时代，什么都能用手机、用网络云盘保存，但纸质相片依旧有其不可替代性。

　　至少，无论是停电、断网，还是中病毒、忘记账号密码、云盘公司倒闭等等。

　　抑或是斗转星移，岁月变迁，纸张都能永远留存。

　　甚至，可以时时拿出来回忆。

更何况，这是沈枫送给她的拍立得。第一次带出门用，用在这种场合，实在是太适合不过。

丁晴接过拍立得，夸张地撇了撇嘴，眼中倒是笑意尽显。

她说："矫情！腻歪！……好了好了，你俩站那边去，用图书馆和操场当背景哈。亲密点，亲密点！"

跟随着丁晴的指挥，殷思秋和沈枫肩并肩，站到一起。

这样看，两人身高差显著。

为了入镜和谐，沈枫贴心地歪了歪头，将脸凑得离殷思秋近了一些。

丁晴举起拍立得，喊道："准备！

"三！"

倏忽间，学校广播十分应景地开始放毕业神曲《青春纪念册》。

音乐极具穿透力，当即响彻整个海实校园。

"给我你的心作纪念 / 我的梦有你的祝福才能够完全……风浪再大我也会勇往直前……"

丁晴还在兢兢业业地倒数。

"二！"

"……我们的爱 / 镶在青春的纪念册。"

"一！"

倒数最后一秒，沈枫抬起手，搂住了殷思秋的肩膀，将小姑娘往自己怀里一拉。

两人身体骤然贴得极近。

画风立马从毕业同学合照变成了学生情侣照。

"咔嚓！"

清脆一声响。

丁晴直起身，从地上捡起伞来，撑好，再低头等待拍立得吐胶纸出来。

出来后，她把胶纸捏在指间，轻轻甩了两下，等待成像。

她眯着眼仔细看了看，脸上漾出一个笑。

"很完美，很完美！非常般配哈！我拍得真的太好了！将你俩都拍得绝美！"

日头越来越晒。

心脏好像也被太阳晒得滚烫，不自觉地在胸腔里"扑通扑通"作响。

一时之间，殷思秋没敢直视沈枫，只能快步跑到丁晴旁边，垂下眼，同她一起看向那张相片。

照片里，少年芝兰玉树、清俊逼人，手臂揽着纤瘦娇的小少女。

他嘴角挂着漫不经心的淡笑，微微侧首，眼睛也没有直视前方，而是落在女生身上。

虽然因为有些距离，看得不甚分明。

偏偏，愣是因为这半拥姿势，无端生出些缱绻依恋味道来。

他在哪里，哪里就是全部的青春。

而殷思秋自己，则是睁着眼，站在少年人身边，毫无防备地笑出了一对酒窝。

好似宿命一般的不真实。

这一天。

烈日。

无风。

163

天空澄澈。

殷思秋的暗恋，在偌大校园里，和这个夏日一起生根发芽。

大约从此便能毫无波折地茁壮成长。

02

七月中旬，进入一年中最炎热的时节。

早在一周前，丁晴已经随父母去国外旅行。

殷思秋则是待在家里休息，或是偶尔与沈枫约会。

因为家中放了不少冷饮，能每天吃冰激凌，食欲恍然渐渐有所恢复，也没有哪里不舒服，她便想不起要去看医生这回事了。

终于，海城财大录取通知书开始陆续寄出。

因为是本市生源，殷思秋算是第一批收到的学生。

快递用的是红色信封，摸起来厚厚一沓，像是一本硬皮本。拆开后，第一张是录取书，上面写着：【殷思秋同学，你已被我校公共经济与管理学院税收学类专业录取为本科生。】

快递信封里面还放了财大的学校介绍书、入学通知，以及几张阅读书单推荐。林林总总，摊开能铺满整个写字桌。

殷思秋只简单浏览了一下，就迫不及待地拿出手机，拍了照，分享给沈枫。

这个点，沈枫应该是在练车，没法秒回消息。

殷思秋也不介意，眉眼含笑，又反复点开那张照片检查，确定对方能在看到图的一瞬间体会到她内心喜悦之情。

正值此时，门口传来敲门声。

殷思秋顿了一下，放下手机，连忙开口："在的。"

下一秒，殷母推门进来。

"秋秋，在做什么啊？"

今天是周六，殷父去加班，家中只有殷思秋和殷母在。但平时若是没什么事，殷母和那些考完试就变脸的母亲不一样，极少会到房间来打扰她，尽量让乖巧争气的女儿在家能有点个人空间。

况且，现在也不是饭点。

殷思秋扭过头，表情略有些迟疑："妈……在看通知书，怎么了吗？"

殷母没有走过来，只靠在门边，目光扫过桌上那个火红快递信封，满意之色掩饰不住。

她温声问："秋秋，通知书有没有说你们什么时候去报到啊？"

"哦……哦，应该是 9 月 11 日。"

殷思秋翻了翻入学须知，确定之后，低声作答。

殷母点点头，又问："那还有将近两个月呢。暑假你有没有什么计划？不和朋友一起出去旅游吗？或者想不想学点什么乐器之类的？"

殷思秋微微一怔。

没等她作答，殷母已经从口袋里摸出一个红包，走到她身边，轻轻放在了桌上。

"我昨天和你爸爸商量了一下，恭喜你高考顺利考上财大，成为我们家学历最高的成员，这是奖励你的零花钱。你要是想去旅旅游啊，或者买点什么东西，去哪里放松一下，都可以，由你自由支配。"

人家小孩高考之后，不是闹着出去旅游，就是买这个买那个。

殷思秋太乖了，考得那么好，却也体谅父母挣钱不容易，丝毫不提什么要求。

越是这样，越是叫殷父殷母心疼。

这小姑娘从小就是这样，从来不让大人操心。

殷母一方面是感慨，另一方面也庆幸，庆幸当时将女儿转到海城来念书。如果人在老家，教育资源不如大城市，也没有海城这种优惠录取，估计没法考上财大这种学校。

两夫妻昨天商量了一夜，却也不知道女儿喜欢什么，只能用金钱补偿，让她能去做自己喜欢的事情。

殷思秋："妈……"

"也不用存着，之后上学的生活费，爸妈还是会照常给你的。"说完，殷母笑了笑，拍拍殷思秋的肩膀，转身打算离开。

顷刻间，殷思秋心念一动。

她连忙转头喊住母亲："妈！"

"嗯？"

"那我可以回白术去住几天吗？"

殷母拧着眉，想了想，点头："可以啊。说起来，你爸今年过年也不一定有空回去，可能还是要值班。如果你想回老家去玩玩的话，也行的。就是一个人要当心点，毕竟很久没回去了，别像小时候一样，没事上山下河的，不安全。"

得到肯定答复，殷思秋当即兴奋起来。

"谢谢妈！"

待母亲关上门出去后，她将那红包拿起来，摸了摸厚度，又塞进了抽屉里。

太阳落山。

沈枫离开驾校，第一时间点开殷思秋的消息，得知了她后面那些计划。

他拧起眉，拨了个电话给她。

"殷思秋。"

"嗯？"

"你要回老家去？待多久？"

总不能是一整个暑假吧。

电话那端，殷思秋低低笑了一声："十来天吧。"

沈枫松开眉头，说："那还行。"

殷思秋："我是想问你……沈枫，你想不想和我一起去？"

白术镇的夏日虽然不及秋冬，但不会很热。

"我们可以去溪里捞鱼。你会捞鱼吗？一下水，就会有小螃蟹夹你的脚指头……而且，晚上还有萤火虫呢。你见过萤火虫吗？"

她的语气十分兴奋，恨不得将一切美好回忆尽数分享给他。

在沈枫看来，颇有点循循善诱味道。

他勾了勾嘴角，视线落在夕阳残留处，几乎没有丝毫迟疑，爽快地点头："好啊。"

"……"

结果，倒是换殷思秋踟蹰起来。

刚刚那个邀请，只是她一激动才脱口而出，压根儿就没有细想。

顿了顿，她压低了声音，问："那'可爱'怎么办？如果你不在家的话……"

"如果你喜欢的话，可以托运了带它一起去放放风；如果你觉得麻烦，我会交给别人来照顾的，放心。"

167

"……"

沈枫："一起去吧，殷思秋，带我去看看你喜欢的地方。"

去爬山。

去捞鱼。

去捉萤火虫。

去创造一些回忆。

他话音将落，殷思秋沉默下来。

电话两端，只余两人的呼吸声，此起彼伏地交错着。

良久，殷思秋终于下定决心，用力地点了点头。

毕竟，十四岁的殷思秋，就想要把白术、把一切都分享给沈枫。

所以，十八岁的殷思秋，终于能为那个小女孩实现梦想了。

"好，一起去。"

七月最后一天，高温再次袭击海城。

柏油马路上，热气好像正从缝隙里蒸腾而起，烤得人焦灼绝望。

殷思秋倒是丝毫没有受到干扰，看起来心情极好。

殷母在厨房里做菜，见她里里外外一趟一趟地走，关掉油烟机，冲着外头喊了一声："殷思秋！"

殷思秋停下动作，不明所以地扭过头。

"啊？"

殷母："你这是要搬家啊？老家你奶奶的房子还没卖掉呢，你不是就住那边吗？什么都有，就带点衣服得了呗！别翻东西了，洗手准备吃饭。"

殷思秋讷讷的，"哦"了一声。她想了想，还是将小零食从柜子里拎出来，塞进包里。

虽然白术那边什么都有，但……还能在路上吃嘛。

殷思秋有种小时候春游前做准备工作时的激动。

不过，能和沈枫在一起，好像做什么事都挺叫人开心，难以自持。

她几乎快要控制不住表情，在饭桌上笑出声来。

幸好殷父殷母都不是特别细心，工作也忙，加上高考已经结束，对殷思秋自然是矢了些关注度，并没有看出什么端倪。只当她是太久没有回老家，心情兴奋而已。

"心别这么早飞出去了啊。好好吃饭。"

"知道了。"

周四清晨。

外头艳阳高照。

殷思秋难得地起得很早，睁开眼，一点没赖床，一骨碌就爬了起来。

这个点，父母都还没去上班。见她出来，殷母赶紧再次细细强调了一番安全问题，交代完，又问："等会儿你准备怎么去机场？"

殷思秋正在合行李箱。

闻言，她动作微微一僵，抬起头，眼神有些闪烁："打车……吧。"

和沈枫同行这件事，好像暂时还没有办法告诉父母。

从始至终，殷思秋在所有人眼中都是乖乖女。

虽然年满十八岁也已经高中毕业，是成年人了，但要是和爸妈说，自己和男朋友单独一起去旅游……总有点稍显出格，不太好开口。

169

况且，她也不想太早叫旁人知晓这件事，生怕破坏了什么小萌芽。

殷母没有怀疑，点点头，拿起包，一边换鞋，一边再次嘱托："飞机落地之后记得发消息给我报平安，钱不够用也发消息来，别有什么事一个人闷着。"

"好，放心吧。"殷思秋用力地点头。

"那爸妈先走了，你玩得开心点哦。"

待父母出门，又过了一段时间，殷思秋也跟着锁门下楼。

走出楼道，她眯起眼，遥遥望去。

沈枫正站在不远处的树荫下。

一抹笑意淌进眉梢眼角，殷思秋抬起手臂，先向那个方向招了招手，再拉起行李箱快步朝他走去。

沈枫走过来接过行李箱。

"热不热？不用跑，我会走过来的。"

殷思秋摇了摇头，抬眼看他。

纵然天气炎热，但他脸上却没什么汗意，看着依旧清俊干爽。

阳光落在他莹白的脸颊上，折出一道阴影，少年感十足。

现在，这是她的少年，正要陪她一同去她长大的地方。

那种感觉，很难用言语表达。

殷思秋深吸一口气，双手像藤蔓一样上移，轻轻挽住了沈枫的手臂。

霎时间，两人之间的姿势变成了相依相偎。

沈枫沉沉地笑了笑，任由她。

很快，他们走出小区。

网约车已经悄悄停靠在路边，还是上次那个位置。

沈枫替殷思秋拉开车门，示意她先上车，自己则去后备厢将她的行李放进去。

回到车里，他摸了摸殷思秋的头发，动作十分亲昵，却不过分。

"出发了。"

海城机场在郊区，距离殷思秋家非常远。不过因为可以走高架，如果开车顺利，四十五分钟左右就能到达。

一路畅通无阻。

正午时分，两人托运完毕，通过安检，手牵手走进候机厅。

距离登机还有半个多小时。

殷思秋从口袋里摸出一卷糖，递给沈枫："吃糖吗？"

沈枫很给面子地拿了一颗，放进嘴里，再喊她："殷思秋。"

殷思秋扭过头："嗯？"

"为什么喜欢这种糖？"

这个问题，沈枫很早就想问了。

早到他对殷思秋这个名字还完全没什么想法的时候。

单纯只是好奇。

那会儿两人还是同桌，许是为了表达感激和友好，殷思秋时不时就在他桌上放一卷糖。

一开始，沈枫并不以为意。

但时间久了，他发现，她每次送的好像都是同一个品牌、同一种口味。

当时，沈枫的精神状态还不太好，脑子里经常有很多暴戾、低落、繁杂的念头，越发需要想些简单的事情来试图转移注意力。

比如殷思秋。

比如她从包里摸出来的糖。

葡萄口味的曼妥思……为什么呢?

有什么特别意义吗?

还是她觉得口味特别好,好吃到几年都不愿意尝试一下其他品种和口味?

偶尔走神时,小沈枫就会思考一下这个无聊问题。

时隔经年,他终于找到机会问出口,想来还有些唏嘘滑稽。

殷思秋却被问得愣了一下,眨了眨眼睛,开始微微沉吟。

半晌,她轻声开口,娓娓道来:"这个糖,我第一次吃,是我奶奶买给我的。

"那个时候我年纪还很小,可能才刚刚有记忆吧,所以细节已经有点模糊了。我就记得,有一天,我爸妈结束假期,要回海城继续工作。我虽然小,但是已经知道爸妈一走,又要很久很久见不到了。

"我就一直哭一直哭,不肯放他们走,好像哭了有几个小时吧,再耽搁下去就该误车了,我爸妈就让奶奶把我拉住,他们还是走了。

"等他们走掉之后,我奶奶抱着我去了村口的小卖部……沈枫,你知道那种小卖部吗?就是乡村里的小店,村里人自己开的,平时就卖点米啊、油啊什么的生活用品,连香烟品种都只有两种,最贵的也才十块一包。

"就那种店,里头的商品种类稀少。奶奶抱着我转悠了一圈,在角落里找到两卷曼妥思。

"在十几年前,那两卷糖可以买五斤大米。我奶奶一直很节俭,

172

但还是毫不犹豫就给我买了。

"她跟我讲，吃点糖，就不能哭了。"

说起过去，殷思秋的语气难免有些低落。

沈枫心里不忍，伸出手，搂住她肩膀，安抚般地轻拍了几下，这才温声打断她："好，我知道了。"

他这般，反倒叫殷思秋有些不好意思起来，连忙摆摆手，仿佛是在挥散那些低沉气氛。

"没有啦，我那时候还是个小孩呢，知道什么呀，吃了糖就高兴起来了呗。后来长大一点，有零花钱了，就存着去买。吃着吃着就越来越喜欢了，没事的时候就想吃一颗……你是觉得不好吃吗？"

沈枫沉沉地笑了声。

因为两人离得太近，殷思秋几乎能感觉到他胸腔在震动。

轻笑。

呼吸时起伏。

还有他身上那点若有似无好闻清冽的味道，像是某种薄荷味的衣物柔顺剂，衬得他整个人都柔软了几分。

殷思秋心里无端升起一种依恋感，手指揪紧了他衣摆。

静默良久，沈枫给出答案："好吃，我很喜欢。"

03

白术是个小镇，没有机场，也不通高铁。

在省会机场落地后，两人先转火车，再坐上大巴，摇摇晃晃二十来分钟，终于赶在夜深之前，抵达殷思秋奶奶家那个村子。

殷思秋上一次回来，还是那年过年。

不过，路线早就熟稔于心，不会找不到路。

路灯下，她牢牢抓住沈枫的衣摆，紧张兮兮的模样，好像生怕把他弄丢。

"这边走。马上就到了，五分钟。"

沈枫语气里含了点笑："好。"

夜风习习。

白术这边果然没有海城闷热，大半夜，山风一阵一阵，顺利吹散白日暑气。

殷思秋："是不是很舒服？"

沈枫："嗯。"

话音一落下，两人默契地对视一眼。

没忍住，两人又一同笑起来。

再走几步，拐个弯，终于到达目的地。

奶奶家是个三层小楼，白色外墙，整体不算陈旧，能看到墙上还有一大片爬山虎。

"是不是觉得和想象中不一样？"

蓦地，殷思秋出声，打断沈枫的注视。

他收回视线，垂眸看她。

殷思秋解释道："以前不是这个样子的。大概在我读五年级的时候吧？村里开始拆迁，把老房子都拆了，给每家都建了新楼。"

可惜，奶奶没能在新房子里享受几年。

回忆里的童年也随之终止。

她抿了抿唇，推开铁门，回过头："沈枫，请进。"

欢迎你。

来到我的世界。

沈枫似是听出了点什么，脚步微顿，郑重地答道："好，谢谢。"

两人穿过小院。

小楼一层是奶奶的房间，殷思秋的房间在二楼。

隔壁就是客房，正好安排给沈枫住。

她领着沈枫上楼，按亮走廊的顶灯，再熟门熟路地把两个房间的门窗尽数打开通风，驱散些许尘埃。

"我爸妈前几天已经麻烦亲戚过来打扫过了，床单被罩什么也全都换了新的，都是干净的，通通风就能睡。你别嫌弃呀。"

从踏入白术镇地界起，殷思秋好像就活泼了不少。

笑意常现，话也变得多了起来。

沈枫点点头，打趣般地问道："你怎么和你爸妈说的？有没有说和男朋友回来玩？要不然，怎么两个房间都打扫了呢？"

聊起这种话题，殷思秋轻咳一声，垂下眼。

到底还是有些不好意思，她声音不自觉地放低："……没有，但是人家也不知道我住哪一间呀，当然是除了奶奶的房间，全都帮忙收拾了。"

"这样啊。"

沈枫挑了挑眉。

白炽灯光下，他眼睛黑白分明，毫无杂质，无比清透，像是能看透一切心思，叫人颇有些无所遁形之感。

殷思秋实在扛不住这般注视，脸颊开始悄然发烫，只得逃一般地拉上行李箱钻进自己的房间，反手关上房门。

隔着门板，她朝着外头喊："洗手间在右边，空调的遥控器应该在房间里的茶几上，你自己找一下……晚安。"

时间确实已经不早。两人奔波一整天，再洗漱一番，收拾收拾，差不多就得进入后半夜。

沈枫没有再继续逗殷思秋，点点头，淡然应声道："晚安，殷思秋。"

次日日头高照时，殷思秋缓缓睁开眼。

迷糊间，见天花板不甚熟悉，大脑才骤然反应过来。

原来，已经回到白术镇老家了啊。

而且沈枫就在她隔壁房间，不过咫尺之遥。

昨晚睡得太晚，她心理上虽然有些辗转尴尬，但因为身体太过疲惫，浑身骨头都觉得难受，头沾到枕头就开始不省人事，甚至没来得及多想什么。到这会儿，害羞感觉总算是姗姗来迟。

殷思秋深吸一口气，从床头柜上摸过手机，握在手中，再整个人缩回被子里，连带眼睛和脑袋也一同埋了进去。

被窝里一片黑。

屏幕是唯一光源。

她用手背贴了贴脸颊，点开微信。

殷思秋：【你醒了吗？】

半分多钟后，沈枫回复：【刚刚。】

殷思秋：【那……起床吗？】

殷思秋：【咱们村近些年已经没什么人了，也没有人开早餐铺子，只能先随便吃点零食，再去镇上吃，行吗？】

沈枫：【我没有问题。】

殷思秋指尖微微一顿，又往里头缩了缩。

这一句发得尤为缓慢：【那……你先起来换衣服好不好。】

沈枫：【嗯？】

殷思秋：【……我想出来和你一起洗脸。】

消息发出去。

下一秒，她的耳垂都跟着火辣辣烧了起来。

殷思秋自己的房间就有洗手间，但，刚刚那一刹那，她突然就想到一个画面——

和沈枫肩并肩站在镜子前。

亲密无间。

无限拉近距离。

按照俗套的小说和言情剧套路，绝对是一个增进感情的好机会。

想想殷思秋自己都觉得羞耻起来。

仿佛来到白术之后，她释放了本性，也变得大胆起来。

很快，几分钟后——

抑或是过了很久。

手机再次振动起来。

沈枫：【好，出来吧，我等你。】

殷思秋立马从床上蹦起来，手忙脚乱地换掉睡衣，拉开房门。

果真，沈枫已经懒洋洋地靠在墙边，一派漫不经心的模样。

少年风姿绰约，比日光还要灼目。

殷思秋脚步顿了顿，声音不自觉地磕巴了一下："沈、沈枫，早上好啊。"

沈枫直起背，抬手，轻轻揉了下她头发。

"早。"

两人对视一眼，再一同往洗手间走去。

农村装修不比海城来得精致细节，殷奶奶又节省，建新楼之后并没有大装特装，只是粗略地弄了一下。二楼这个客卫，平时几乎没有人用，现在走进去，看起来显得尤为简陋朴实。

洗手台不宽敞，镜子也只是直接贴在墙上，周围光秃秃的，很是凄凉。

客卧没有独立洗手间，沈枫昨晚就用了这间。

此刻，台面上正放着他的牙刷杯，毛巾则是斜斜搭在架子上，愣是将这陈旧空间撑出了一丝生活气息。

殷思秋的脚步停在离他半臂之外的地方。

踟蹰数秒，她伸出手，主动从身后圈住了沈枫的腰，脸也跟着埋进他背脊里。

沈枫人看着清瘦，抱起来却不瘦弱。隔一层单衣，能感觉到少年身上覆着薄薄一层肌肉，摸起来手感极佳。

殷思秋指尖动了动，心里觉得十分不好意思。

幸好沈枫看不见她。

或许，因为喜欢，就会不可抑制地想要和对方亲近。这本就是一种本能，无关妄想。

沈枫似是没想到殷思秋会突然变得大胆，猝不及防，身体僵硬了一下。

殷思秋越发收拢了手臂，将他抱得更紧。

她用气流一般微弱的声音，低低开口："沈枫。"

沈枫听力还不错。

"嗯？"

殷思秋："……我真的好喜欢你啊。"

好似只要和他在一起，每个季节、每个日夜，都叫人觉得喜出望外。

沈枫沉沉地笑了一声，手掌下移，握住了小姑娘纤细的手指，密密实实地压在自己掌心。

他掌心和指腹皆温暖。

热量顺着皮肤传递到殷思秋手上，继而，再温暖她全身。

这种气氛之中，是不是可以亲一下自己的女朋友？

会不会吓到她呢？

沈枫心念一动。

但很快，他打消了这种念头。

总觉得在家里，可能会难以收场。

这种试探太过危险，他不敢高估自己。

沈枫轻咳一声，声音有点喑哑："殷思秋，还出不出门了？"

正午时分。

两人终于收拾停当，一前一后走出小楼。

白天看，门口那个小院子比晚上摸黑看显得大了不少，地上铺了水泥，墙边放了一排仙人掌，十分空荡整洁。

殷思秋给沈枫比画了一下："……以前还没有拆迁重建的时候，也是差不多这样的一片空地，用来养鸡养狗用的。后来狗跑了，奶奶就用来种花晒肉，或者晒点果干什么的。"

话题没什么营养，沈枫却听得十分认真，间或还会点评几句，或者追问一些细节。

两人边走边聊，很快，来到村口公交站。

公交车是这几年才有的，四十分钟一趟，沿途七八个站点，都是白术周边小村，拉一圈人去镇上。

殷思秋让沈枫在车站边等,自己则跑去村口小卖部,买了茶叶蛋、矿泉水,还有一些零食,其中还有两卷曼妥思,一起拎在手上,再"噔噔噔"飞快地跑回沈枫身边,动作十分迅速。

公交车还没有来。

她将茶叶蛋和零食分了一半给沈枫。

"你先吃一点。晚点到了镇上之后,我带你去吃花甲粉。这里的花甲粉和海城不一样,很好吃。"

沈枫笑了笑,点头,眼神不自觉地带上了一些宠溺味道。

殷思秋没有察觉,继续做安排:"下午的话……天气还挺热,我带你去水库玩吧?如果能捉到鱼,晚上咱们就喝鱼汤。"

闻言,沈枫有些惊讶:"你会做饭?"

殷思秋:"只会简单的,复杂的不行。"

白术镇逢年过节有不少习俗。爸妈不在,家里只有殷思秋和奶奶,她也得帮忙搭把手才行,总不能什么都让奶奶一个人做。

"……像杀鱼,我就不敢,只能去菜市场让人帮忙杀了切好。但煮个汤应该还可以。"

她挠了挠脸颊,语气迟疑。

见小姑娘这番表情,沈枫实在没忍住,抬起手摸了摸她脸颊。

"我女朋友真厉害。"

像是在哄孩子。

殷思秋却觉得十分兴奋,与沈枫对上视线,眼睛亮晶晶的,似是缀了星星。

平心而论,直到今天,她依然觉得,自己和沈枫之间差距巨大。

沈枫长得好看,个子高,家境好,学习又好,篮球、台球什么都会,随便考考就能上F大这种知名学府的八年制医学院。

无论从什么角度来看，都称得上天之骄子。哪怕为人再倨傲，也叫人说不出一句苛责之词，只会觉得理所应当。

在殷思秋心里，他无所不能，是这世间最好、最特别的少年。

但自己只是个普通女生，平凡到不能更平凡。

大概是老天听到了她漫长又啰唆的祷告，才大发慈悲，允许她穿过山重水复走到沈枫身边，允许她窃得那么一点点幸福和圆满。

殷思秋希望，自己能有那么一处，哪怕是一点点特别的地方，让沈枫也觉得她不错，那就好了。

被沈枫夸奖一气，她的心能荡到天边。

下午，两点出头。

太阳渐渐没有那么晒人。

殷思秋和沈枫吃过早午饭，手牵手往水库方向去。

水库在镇子边，临着隔壁村。

早些年的夏天，不少小孩子会跑来这边戏水，没大人管，也曾发生过溺水事件，淹死过人。现在，旁边已经竖了告示牌，禁止下水和垂钓。

殷思秋领着沈枫在水边绕了一圈。

她踟蹰许久，实在干不出违禁举动，表情不免有些讪讪的。

"不能下水了啊……"

想了想，她又带沈枫往下游走了一段。

如果没记错，下面应该有条小河，水不深，河水非常清澈，也能下去捉鱼。

果真，不过走了十五分钟，屋舍褪去，周围已经空旷一片。

面前就是"哗哗"流淌着的河水。

殷思秋笑起来。

"沈枫，你等我。"

她今天穿了短裙，长度不过膝上几指。底下踩一双帆布鞋，露出火柴似瘦伶伶的半截小细腿。

帆布鞋下水不方便，她干脆蹬掉。

莹白脚趾一踩到泥地，下一瞬，身后伸出一双手，将她整个人稳稳地抱了起来。

殷思秋没反应过来，吓了一跳，条件反射般地惊呼起来："啊……"

沈枫在后面笑声爽朗，有种恶作剧得逞的感觉。

"是我。"

殷思秋心跳还是如雷，拗着脑袋扭过来，似是想去看他："你干吗呀？快点放我下去，吓死人了。"

沈枫顿了顿，说："脚会踩脏的，地上还有虫。"

殷思秋松了口气，颇有点啼笑皆非："没事的，下水一冲就好啦。"

他们这种在小镇长大的孩子，从小玩到大的，哪有那么多讲究。

可惜，身后男生还是不撒手。

"你踩着我，去穿鞋。"沈枫淡声嘱咐。

两人对峙数秒。

殷思秋拗不过沈枫，只得垂下视线，用脚趾试探了几下，先一只脚踩到沈枫鞋面上，另一只脚再去够自己的鞋。

等她落地后，沈枫松开她，弯下了腰。

殷思秋不明所以，愣愣注视着他的动作。

三下五除二，沈枫脱掉鞋袜，再将裤腿折了几折，挽起来，往河里走去。

他说："我去给你捞。"

霎时间，殷思秋愣住了，好半天没有反应过来。

直到沈枫踩进水中，她才如梦初醒，赶紧小跑过去，蹲在石头上看他。

女孩脸上有遮不住的笑意。

"沈枫，你行不行呀？"

沈枫没作声，只冲她略一挑眉。

天气热，但河水冰凉，触到小腿皮肤上，很是舒服。

底下确实有鱼在游动。不过，大多盘踞在河中央，距离河边有点距离。

看不清水深，沈枫不敢贸然再往外走。

殷思秋在旁边指点："先不要动，稍微等一会儿，鱼就会游过来了。你刚刚下水有波澜，它们肯定被吓跑啦。"

依言，沈枫停住动作。

一时之间，仿佛连呼吸都放轻下来。

不多时，果然如殷思秋所说，鱼群渐渐放松警惕，视若无物地开始四散游动。

殷思秋继续轻声道："看准了再伸手，要不然就得再等啦。"

沈枫盯着水里看了会儿，纳闷地问："不需要工具吗？"

他从来没这样捉过鱼，不过，看电视再加上想象，总觉得得有个网子或者鱼叉之类吧。

殷思秋："不用，这里的鱼很笨，动作也没有那么快，徒手就能抓了。"

"……"

沈枫不再说话，开始专注酝酿状态。

"哗啦！"

水声一响，沈枫已经伸出手，往水底猛地一勾！

确实是成功摸到了鱼尾，但小鱼敏捷地从他双手之间逃走了，扑了个空。

旁边，殷思秋很不给面子，笑出声来："哈哈哈！沈枫，你这样是不行的呀！"

沈枫还维持着弯腰状态。

听到她说话，他抬起头，朝着她粲然一笑。

殷思秋尚未来得及反应，只听到"哗"一声响起。

原来是沈枫两只手突然往她那边重重一拍。

殷思秋瞪大了眼睛，眼疾手快地往后头跳开。但她动作依旧没有沈枫快，还是中了招，被兜头扑了一身水珠。

"沈枫！"殷思秋顿了顿，笑着大喊他名字，"你好幼稚！"

话音未落，她已经开始反击。

她往前半步，手伸进水里，用力将水往沈枫那边甩去。

两人一个站在河里，一个蹲在岸边，肆无忌惮地互相泼水。

像是回到了十年前的夏天。

像是回到了笑容无忧无虑的年代。

齐齐穿越了时间。

闹腾片刻，殷思秋就觉得有些累了，身体像是某种老旧金属仪器，骨骼在"咯吱咯吱"作响，随时会停摆。

她摆了摆手，示意停战。

"不行啦，好久没玩水了，玩不动了。"

沈枫哼笑了一声："还说不说我不行了？"

"不说了，不说了。"

"行，去旁边歇着。"

说完，他停下动作，捏了捏脖子，继续捞鱼大业，为两人晚餐的鱼汤努力。

片刻后，鱼群再次聚集。

沈枫沉吟了一下，确定好角度，打算下手。

可惜，这次依旧扑了个空。

重复失败两三次之后，他找到了一点诀窍。

少年人本就敏捷，加上运动天赋好，反应速度也够快。试过几次后，真给他捉到一条，两只手捧着拿上来。

小鱼离开水，依旧活蹦乱跳，还在沈枫掌中奋力挣扎，试图跳出人类魔掌。

殷思秋"哇"了一声。

生怕沈枫脱手，她赶紧从包里拿出塑料袋，接过那条鱼丢进袋子里，紧紧打上结。

"走吧，找个地方去杀鱼。咱们晚上能吃鱼啦。"

她拎着袋子站起身，停顿一下，扭过头，小心翼翼地钩住了沈枫的手指。

晚餐时，殷思秋给沈枫展现了一下手艺，熬出一锅鲜美鱼汤来。一人喝掉两大碗，这一天便算是完美收尾。

吃饱喝足，两人一同窝进沙发里休息。

电视机里正在播放地方台，看名字，应该是一档民生节目。

但本就只是个背景音，并没有人关注里面那个主持人具体在说什么。

沈枫：“高兴吗？”

此刻，殷思秋正靠在沈枫的肩膀上。

听到沈枫说话，她身体动了动，调整了一下姿势，如同耳边呢喃一般答道：“高兴。”

“你很喜欢这里？”

“嗯。”

“为什么呢？”

沈枫表情淡然，眼神却专注，凝视着殷思秋的头顶。

似乎妄图看穿表象，找出一个真相。

按照殷思秋所说，她很小就成了留守儿童，没有父母在身边，只能和老人做伴，怎么就对这里念念不忘呢？

殷思秋想了想，叹气："我也说不上为什么……其实，就是刚到海城那一阵，也没有什么朋友，就会很想回白术。但后面渐渐就没有什么想法了。因为海城也很好，什么都有，我也蛮喜欢的。

“但是就今年吧，又突然开始非常想念这里了。”

总觉得，好像应该回来一次，否则可能会后悔一样。

她抿了抿唇，不自觉地拧起眉头。

沈枫点点头，没有再问什么。

两人静静地依偎在一起，谁也没有再说话。

良久。

仿佛有一万年那么长。

终于，沈枫率先打破这份安静，沉声喊她："殷思秋。"

"嗯？"

"为什么不问我？"

"问什么？"

殷思秋不明所以，直起身，与他对上视线。

沈枫语气很淡，灯光下，气质飘然出尘，如隔云端一般。

"你一直没有问我，为什么会失语？殷思秋，你不想知道吗？"

最后一句话，竟然带了一点点委屈。

他总希望，殷思秋会想要更了解他，正如他想了解殷思秋的全部一样迫切。且，所有的一切，全都想。

沈枫想叫殷思秋知道，对他来说，她是一个那么那么重要的角色。

她是领着他走出黑暗森林的太阳。

是一道能穿破宇宙靠近他的星光。

他想要她知道。

夜越来越深。

村庄安静得宛如被人按下暂停键，只余微弱的风簌簌拍打着玻璃窗。间或，才偶有知了在远处叫上几声。

这种夜深人静时分，确实很适合躺在沙发上坦白些什么。

然而，殷思秋却有些紧张兮兮，神经紧绷了不少。

"我不是……我是怕……"

她怎么可能不好奇呢。

对沈枫，哪怕只是细枝末节，殷思秋都想知道、想了解，想和

187

他靠得更近。

　　只是，因为之前在老师办公室那边听过一嘴，免不了在心里猜测过个中真相，生怕这是沈枫不愿触及的回忆。

　　她希望她的少年永远快乐。

　　自然，就算好奇，她也只憋在心里，绝对不会主动挑起这个话题。

　　况且，殷思秋喜欢上沈枫时，他就是一个英俊"哑巴"少年。到底是由何而起、其中发生过什么，都不会影响她的喜欢。

　　这样想想，真相便显得无关紧要起来。

　　见她磕磕巴巴，沈枫停顿半秒，手指按在她脸颊上，轻轻捏了下，似是安抚。

　　"我想你问我。"他沉声说。

　　殷思秋从善如流："那你怎么会失声呢？我听他们讲，初一的时候你还是好好的，能讲话的。"

　　沈枫垂下眼，陷入了沉默之中。

　　殷思秋轻轻捏了下他修长的指节，再将他的食指裹进自己手心，像是小孩子拿糖果一样，攥得很紧很紧。

　　须臾，沈枫终于再次开口："十三岁的时候，我父母为了赶回来给我过生日，出车祸去世了。"语气听起来十分淡然，不紧不慢，轻描淡写。

　　但在殷思秋听起来，却像是丢了个重磅炸弹。

　　她瞪大了眼睛，不知所措："啊……"

　　猜测多次，她压根儿没往这种角度猜过。

　　沈枫："那时候我还是未成年，无法独自生活，但我爷爷奶奶和外公外婆也早离人世，我的监护权就给了我母亲的表姐，按照称呼来算……我应该叫表姨母吧。"

沈枫这个表姨母是个好人，并没有贪图沈家父母给儿子留下的这点家财。但她自己也有工作有孩子，分身乏术。虽说名义上是沈枫的监护人，却并没有起到监护人的职责来照顾他，只将他留给了沈家的保姆和司机，让他独自待在大别墅里，自力更生。

"去领死亡证明那天，是司机送我去的。

"那个警察问我叫什么名字，为什么家里大人没有来？那个时刻他大概是想回答的吧，但突然发现自己好像说不出话了。"

那般场景，就像是公开处刑。

小沈枫憋足了劲，但无论自己怎么努力，依旧发不出声音来。

他似乎失去了声带振动的能力。

这叫旁人看来，自是对这个小少年的遭遇，更生怜悯。

沈枫不屑于这种怜悯。

他开始怨恨现实，抗拒去看心理医生，也抗拒与旁人沟通。

……直到殷思秋出现。

"殷思秋。"

殷思秋："嗯？"

沈枫低低地叹了口气，垂下眼看她："上次你摔跤腿受伤，是不是去买那副耳机的时候？我听到你和丁晴说话了。"

"……"

殷思秋没想到他会突然问起这个事，讪笑了一声，表情颇有些尴尬。

沈枫："我父母就是这样。抱歉，那时候我不是针对你。"

189

只是，他一想到别人为他而受伤，就难免会想到过去。

究其根本，若不是为了赶回来见他，父母也不会出事。

这就像是一道枷锁一样，时时刻刻禁锢着沈枫，才让他控制不住第一次对殷思秋发了火。

"我不是讨厌你。"他低声说。

话音落下，殷思秋立马就想明白其中原委。

况且，就算不知道，她又哪会真的同沈枫生气。

殷思秋："我没有不高兴，也没有觉得你是在讨厌我。沈枫，你别道歉。其实那天是我自己不小心，走路没注意。而且，磕磕碰碰很正常的啦。你看我小时候老是上山下河的，都不知道摔伤多少次了。"

沈枫瞪她一眼，叹气："你还好意思说，一个学期受伤两次，还不知道小心点？"

这话一出，气氛总算显得没那么沉郁了。

殷思秋咬了咬唇，重新拾起微笑。

"沈枫。"

"在。"

"明天我们去玩什么呢？"

沈枫不吝于哄女朋友玩，也丝毫不嫌弃她偶尔幼稚，假装苦恼地想了许久。

他温言提议："你不是想去爬山吗？"

殷思秋坐起身，摆摆手，给他解释："天气太热了，白天上山会中暑的。要进山里，最好还是秋天去。"

虽然白术镇没有明确意义上的春秋分界线，但那种介于夏天和冬天之间的感觉，会让外乡人觉得更加特别。

沈枫挑挑眉："那怎么办呢？"

殷思秋："如果明天月亮正好，我们可以晚上去。我带你去山里捉萤火虫吧。"

如果月亮正好。

第 五 章 寒 露

「这个世界是公平的。你想要最好，就给你最痛。」

——《十月围城》

01

次日。

因为漫无目的地闲聊到凌晨，两人齐齐睡到下午，完美错过午餐时间。

这样反倒正好，用不着纠结正餐需不需要正经。

殷思秋去村口的小卖部买了一把卷子面，再加上两人昨儿从镇子上拖回来不少菜和调味品，将就将就，简单煮上一大锅面，就能充饥。

她笑说："晚点咱们吃西瓜呀，我已经把西瓜放在冰箱里啦。"

沈枫没意见，还主动承担了煮面工作。

殷思秋有点惊讶："你居然还会做饭吗？"

沈枫笑了一声，耸耸肩："我不太喜欢家里有太多外人，辞退了阿姨，当然偶尔也需要自己动手啊。殷思秋，你别把你男朋友看得这么没用好不好。"

煮个面也诧异。

捞个鱼也质疑。

真是……这小姑娘。

殷思秋连忙摆手："我不是那个意思！"

只是，在她看来，沈枫的气质实在是有些飘然出尘，站在锅台前，总显得那么格格不入。

她解释不清，只得岔开话题，问道："那'可爱'呢？这几天谁照顾它呀？"听起来实在是十分生硬。

沈枫又沉沉一笑。

这会儿工夫，水已经煮沸，在锅里"咕嘟咕嘟"冒着泡。

他抬手，将卷子面丢进去，水面立马平静下来。

沈枫合上锅盖，这才慢条斯理地答道："送去宠物寄养中心了。平时我去练车不在家的话，钟点工每天都会来家里帮忙遛狗和喂食。放心。"

闻言，殷思秋"哦"了一声，点点头。

不多时，面煮好了。

沈枫先把面捞出来，又丢把菜进水里煮，再放些牛肉片、羊肉

片和蛋饺之类速冻食品。汤底调料沸水一淋，尽数倒在一起，就算是成功。颜色看着还挺有食欲。

殷思秋在后头洗了两个大碗，放在锅台边，给沈枫用来装面，自己则是"噔噔噔"快步跑回房间里去。

她把那台拍立得拿出来，解释说："拍照纪念一下。"

这可是沈枫给她做的面呢，绝对值得纪念。

殷思秋找好角度，按了一张出来，甩了甩相纸，等待成像。

蓦地，她的动作又顿了顿。

她抬了抬眼，拍立得往上举了些，镜头对准沈枫。趁着对方没有注意，她手指一压，飞快又按了一张。

这碗面值得纪念，这个心心念念的人更应该要拍下来，才算是圆满。

沈枫屈指轻轻弹了下她额头："吃饭了。"

殷思秋点点头，将两张照片拿起来仔细看了几眼，又折回房间去收好，这才出来，同沈枫面对面在餐桌前坐下。

两人动作很有默契，一同拿起筷子，尝了一口。

沈枫："怎么样？"

殷思秋莞尔，眉眼弯弯，一副明眸皓齿的模样。

"比我想象中好吃一百倍。"

这倒也不是夸张，总体来说，确实还不错。

虽然汤底是方便调味料冲出来的，但口味咸淡都很适宜，肉和丸子，还有菜和面，全都是刚刚好，没有半生，也没有过烂。

总之，超出想象。

但纵使这般，殷思秋依旧没能吃得下太多。

碗里食物才下去浅浅一层，她就已经觉得有些不太舒服，快要顶到嗓子眼。

毕竟，面食和昨天那鱼汤不一样，一个是流质，还能稍微多喝些，这肉和面，要强行吃下去就显得困难。

她犹豫数秒，偷偷抬眼，觑了觑沈枫。

到底要不要直说吃不下了呢？

但这样会不会有些太不给面子了？

毕竟，这可是沈枫第一次为她下厨啊。

沈枫如有所感，放下筷子，微微挑眉。

"怎么了？怎么一直看我？"

殷思秋一惊，条件反射般地回道："没事啊！"说完，立刻又闷头夹了一大筷子面条，塞进嘴里。

"别急……"

他话音未落，殷思秋已经捂着嘴冲进了洗手间。

下一秒，里面传来呕吐声。

沈枫脸色一冷，立刻站起身，迈开长腿，快步朝殷思秋走去。

殷思秋正趴在洗手台上，吐得天昏地暗。

见沈枫走近，她当即空出一只手，朝他摆了摆，示意他先出去。

不能让沈枫看到自己这种狼狈场景。

绝对不可以。

偏偏，沈枫压根儿不理她，只自顾自地走到旁边，搂住她，将她身体重量转移到自己身上。

殷思秋浑身上下都不自觉地僵硬起来，总觉得尴尬不已。但胃里翻江倒海，叫人无暇多想这些细节。

她整个人都有些头晕目眩。

殷思秋眉头皱得很紧，再次撑着台盆趴下去："呕——"

见状，沈枫的脸色沉得能滴出墨汁来。

他跟着低下头，将殷思秋一边鬓角的碎发轻轻撩起来，握在自己指间，防止发丝沾脏。

两三分钟漫长得让人看不到头。

终于，殷思秋吐干净之后，身体觉得好受了一些。

她打开水龙头，稍作清洗了一下，再将眼眶里噙着的生理性眼泪抹去。

她白着脸起身，避开沈枫目光，抿了抿唇，低声开口："谢谢……"

沈枫没说话，长臂一够，轻轻松松把人拦腰打横抱起。他快步走到客厅，小心翼翼地将人放在沙发上，再去厨房倒了杯温水出来，塞进她掌心。

做完这一切，他蹲下身，与殷思秋平视。

"你喝点水。"

殷思秋乖乖喝了口。

温度蔓延至全身，她脸上总算稍微有了点血色。

沈枫依旧还是肃着脸，沉声问："还不舒服吗？"

顿了顿，他又道："不舒服的话再休息一下。等会儿我们就去医院，看样子有可能是食物中毒。"

这可不是小问题。

殷思秋吓了一跳，连忙摆手拒绝："没有，已经没事了。怎么会食物中毒啊，都是洗干净的……而且，你不是也吃了吗？我没事，就是、就是吃多了。"

她有些不好意思。

沈枫："吃多了？"

"嗯……嗯。"

"……"

沈枫攥住殷思秋的手腕，在心里比了比。

似乎比几个月前更瘦了些。

殷思秋本就生得瘦弱，单肉眼来看，骨架纤细，全身上下更是找不到半两肉。平时，能露出来的骨节位置都是瘦伶伶的，纸片人一样，叫人平白就生出几分怜爱来。若是不仔细观察，或是时时刻刻待在一起，很难察觉到细微变化。

但去年冬天那会儿，殷思秋腿受伤，沈枫背过她也抱过她。

当时，两人还只是同学，就算发生意外也注意着分寸，不可能有什么亲密举动，只有大概感觉。

沈枫："还是胃口不好？"

食欲不振这件事，殷思秋十八岁生日吃火锅时，丁晴顺嘴说起过。后来，沈枫和殷思秋确定关系，两人一起吃饭，也随口聊过。

殷思秋垂下眼，闷闷地"嗯"了一声。

"去看过医生没有？是什么问题？"

就算是高考压力，但高考都结束两个月了，录取通知书也已经寄到了各家。一切尘埃落定，哪还有什么心理压力？

殷思秋："没呢，本来前一阵打算去的，后来感觉食欲好点了，就懒得去了。反正多半也就是慢性胃病之类的常见病……"

话音未落，沈枫不赞同地皱起眉。

殷思秋连忙改口："……我回海市就去检查一下。"

沈枫这才勉强满意。

"我陪你去。"

殷思秋莞尔："好。谢谢你。"

但因着这个小插曲，冰镇西瓜是没法吃了。

沈枫直起身，又去厨房熬了锅白粥，哄着殷思秋吃了几口垫垫肚子，催她睡一会儿。

殷思秋再睁开眼时，已是入夜时分。

窗外，月光洒落下来，映在远处连绵山间，像一枕银河，坠落凡间。

她揉了揉眼睛，陡然想到什么，赶紧踩着拖鞋跑出去。

外头静悄悄一片，没任何动静。

沈枫应该也在自己房间里。

殷思秋脚步一顿，踟蹰片刻，转过身，走到客卧门边。她抬手，敲门。

"沈枫？"

里面的人很快给了回应："嗯。进来吧。"

殷思秋抿了抿唇，深吸一口气，推门进去。

客卧里只开了一盏台灯。

少年斜斜地靠在床头，手里正握着手机，聚精会神的模样。光线打在他脸上，不见丝毫瑕疵，冰雕玉琢一般。

殷思秋心念一动，走过去，坐到沈枫旁边。

她余光偷偷瞄一眼他屏幕。

原来是在看书。

他真的喜欢看书。

这件事在殷思秋心里早已被论证多次。

沈枫摸了摸她头发，像摸小狗一样，语调有种说不出的温和宠溺："醒了？感觉好点了吗？"

"嗯。"

"走，吃饭去。"

沈枫随手锁掉屏幕，将手机放到一边。

他尚未来得及起身，眨眼间，衣摆已经被殷思秋从旁拉住。

他扭过头，不自觉地屏息。

殷思秋半坐在床上，抬眸，与沈枫对上视线。她声音万分柔软：
"等会儿，我们去山上捉萤火虫吧。昨天说好的呀。"

夏夜。

山里不似城市，没什么光污染，天空显得尤为澄澈，依稀还能
看到连串明亮的星星。

白术还没有开发成旅游景点，周边村落又逐年在往镇上迁徙，
自然，山间小道也无人修缮，依旧还是泥土路。

殷思秋开着手机自带手电筒，背了个小包，走在前面，动作看
起来熟门熟路。

沈枫虽说不怎么爬这种山路，但到底是少年人，体力极佳，一
路也跟得稳稳当当，丝毫不喘。

大约走了十五分钟，方向转个弯。

前头是个半山小平台，有二十几平方米大。

此处虽然未到山顶，但视野已经足够开阔，能清楚地看见星空。

殷思秋："到了。"

她拣了块大石头，坐上去，将包拿下来，放在腿上。

沈枫依言坐在她旁边。

"要怎么抓？"他虚心求教。

殷思秋缓和了一下呼吸，从包里摸出两个简易捕虫网和一只透

明玻璃瓶，手指翻转，稍作组装到一起。

"前面有片树林，把网吊在里面，就会有萤火虫撞进来啦。或者直接拿外套兜，也能兜到的。"

她指了指斜前方。

沈枫眯起眼睛，往那个方向扫了一眼。

果真，虽然还有一段距离，但已经能模糊看到小树林里有光点在移动。

星星点点闪烁着。

在黑夜里，好不绚丽。

沈枫点点头，淡声道："我去。你坐在这里吃点东西。"

殷思秋确实有些体力不支，也不逞强，把那套简易捕虫装备递给沈枫。

不过片刻工夫，沈枫已然大步走回来。

他把那个玻璃瓶封上口，还给殷思秋。

此刻，瓶子里已经装了十几只萤火虫，一闪一灭间，如流星一样漂亮。

殷思秋将玻璃瓶举起来，对着夜空轻轻晃了晃。

"好久没看到萤火虫了。你呢？是第一次见到实物吗？"

沈枫轻笑，点头："是。"

"漂亮吗？"

殷思秋抬眼看他。

她像是得了什么宝藏，迫不及待地想与喜欢的少年分享。

说话时，她眼睛晶亮，堪比星星。

甚至，在沈枫看来，还要更为灼目。

他被这光所诱惑，身体比大脑先一步动作。

沈枫伸出手，握住她肩膀，脑袋朝她逐渐靠近。

殷思秋如有所感，瞪大了眼睛。

下一秒，一个羽毛般轻柔的吻，悄无声息地落到她唇上。

"……"

两人唇瓣皆柔软。

呼吸却滚烫。

相触时，好似有电流划过大脑，让身体都开始轻微战栗。

殷思秋骤然失去行动力，只知道傻傻地看着沈枫。

沈枫拉开一点距离，凝视着她的表情，又笑了一声："殷思秋。"

"……"

"闭眼。"

下一个吻接踵而至。

这次，少年明显加重了力道。

夜色绵绵，仿佛没有尽头。

耳鬓厮磨间，装着萤火虫的玻璃瓶被打翻，盖子在泥地里摔开，那些发着光的小虫鱼贯飞出，"唰唰"逃离这个牢笼，回到丛林之中。

但谁也顾不上它们。

只有暧昧在氤氲蒸腾。

良久，两人从紧密怀抱中分开，重新坐直身体。

殷思秋立马抬起手，用手背捂住滚烫脸颊，妄图藏住满腔害羞情绪和殷红嘴唇。

无须手电筒，也无须月光照明，她自己都能感觉到脸有多热，心跳有多快。

"扑通扑通……"

心脏像是要从胸腔里蹦出来一样。

沈枫轻咳一声,深吸几口气,在夜风里掩饰好失态。顿了顿,他这才不紧不慢地开口:"殷思秋。"

"嗯。"

"想不想玩这个?"

他从包里摸出几根细棒子,在她眼前挥了挥。

殷思秋果然被吸引走了注意力,忘了继续害羞。

她松开手,去拿那几根细棒子,语气有点惊奇:"仙女棒?!"

还是星星造型的仙女棒。

她都有好久没有玩这个了。

早些年,海市外环以内就全面禁烟花爆竹。哪怕是过年,市区也听不到什么烟花声。烟花爆竹店没有生存空间,尽数关门。这种仙女棒也不知道能去哪里买。

殷思秋:"你哪里来的?"

沈枫没答话,从口袋里摸出打火机,先给她点燃了一根。

星星仙女棒开始"噼里啪啦"烧起来。

从五角星的第一个头起,慢吞吞地往下面烧,火花四溅。

他把这根拿给殷思秋,再去点第二根。他垂着眸,顺口答道:"刚刚你睡觉的时候,去村口那个小卖部买的。"

"啊?那边还卖这个?我怎么从来没见过?"

沈枫:"没有,所以我付了双倍的价格,拜托店主去找他女儿要。这是人家小女孩过年没点完的,只有这几根了。"

"……"

"不喜欢吗?"

殷思秋从愣惺中回过神，轻轻挥了下仙女棒，立马笑了起来："当然喜欢。谢谢你沈枫。费心了，很漂亮，我真的特别喜欢。"

沈枫点点头，目光落到星星仙女棒上。

停顿一下，他又不由自主地往少女脸颊上飘。

比起仙女棒上那燃烧着的火花，殷思秋的笑容好像更漂亮、更耀眼。

一边是短暂的烟火，几分钟就会燃尽。

再美丽，不过镜花水月一场。

而另一边，却是他永远可以抓住的永不落幕的温暖，是枫叶可以肆意飘落的秋天。

不可抑制地，他想到了一辈子。

在十八岁这一年。

在旖旎夜色中。

沈枫抿了抿唇，蓦地，低声开口："殷思秋，有一件很重要的事情，我好像忘记跟你讲了。"

殷思秋不明所以地抬起头。

"啊？什么？"

"我也喜欢你。"

沈枫和殷思秋，理应就是天生一对。

02

两人在白术镇逗留了一周。

返回海市前，殷思秋突发奇想，打算去老学校看一看。

203

小镇教育资源匮乏，没有什么名校。一般来说，周边村里的小孩从小学到初中都在一所学校上，名字也起得简单，就叫白术学校。到中考过后，才会根据成绩分流。能考上市里高中的学生都会去市里上学，剩下那些，基本都进了中专和职校，各奔东西。

殷思秋轻声细语，给沈枫介绍："……但是时间已经太久了，以前的朋友都不知道去哪里了。白术和海市不一样，上学期间就有可能随父母离开，或者上完学就去别的城市打工，几年都回不来。失去联系之后就很难再见到了。"

沈枫点点头，抬手，把小姑娘往自己身边拉了一些。

"靠近点，别淋湿了。"

天公不作美，前几天明明还是艳阳高照，到旅途最后，竟然突然变了天。从昨天夜里起，外头淅淅沥沥下起小雨来，且一直没停。

这会儿，天色乌压压的，空气里满是潮湿，叫人心生沉闷。

殷思秋出门只带了把小遮阳伞，得先去买把雨伞给沈枫。

遮阳伞伞面不大，撑两个人显得尤为困难。

为了不淋到雨以至于感冒生病，他俩只得紧紧挤在一起。远远看过去，男孩高挑俊俏，女孩纤细秀气，两人姿态亲密无间，很有点校园青春片味道。

超市不算太远，再穿过一条马路就到。

沈枫快步跑进去，买了把特大号雨伞，足以将两人全身一起挡得严实。

他将遮阳伞收起来，放进塑料袋里，再塞进书包。

"我来撑。"

殷思秋手里还拿着拍立得，确实不太方便拿伞。

她笑了笑，朝着某个方向指了一下，说："就在那里。"

沈枫抬起眼，循声望过去。

入目处是学校高大的铁门，旁边竖着金属门牌，上头写"白术学校初中部"，在雨幕里也锃亮。

"这是初中部的门，另一头是小学部的门牌。其实校舍并排两栋挨在一起。和海实类似，不过没有海实大……不能比的。

"我小学的时侯，偶尔放学会和同学故意绕到这一侧门来，看初中部的同学放学。就觉得好羡慕啊，因为他们的零花钱比较多，校服也比较好看。那会儿这里还有个小卖部，那些初中部的学长学姐都会去买零食饮料之类的，上好佳什么的。反正肯定比我们吃的五毛钱一包的零食贵，看着很高级。

"我曾经还在周记里写呢，说我梦想中的职业就是开一家小卖部，里面有吃不完的糖和零食。白天自己吃，到放学时间就卖给同学们……"

说着说着，殷思秋自己先笑了起来。

伞外斜风细雨，像是一道半透明幕布，将天地拦成数道光影，明明灭灭，洗刷着暑气。

大伞里，沈枫低下头，好整以暇地听她说话。

他眼睛里有光微闪，不似往日那般冷淡。

大抵是少年说不尽道不完的温柔情愫。

此时正值暑假，没有人上课。

学校也是空空荡荡，寂静无声。

两人站在马路斜角望过去，里头一个人影都没有，连保安室都没有亮灯。

小镇学校不比大城市，没什么值钱设备，安保也不怎么严格，

比较随意。

反正也进不去，殷思秋便没有再靠近，只举起拍立得，对着学校大门远远地拍了张照片。

须臾，殷思秋开口："好了，我们走吧。"

沈枫低头看她："拍好了？"

"嗯。"

她把拍立得的相纸拿起来，冲他轻轻摆了摆。

沈枫笑了一声："不错。"

说完，他摸出手机，在打车软件上下了单。

四五分钟后,终于有司机接单。车子距离这里还有挺远一段距离，预估要十来分钟才能抵达。

两人干脆一起站到路边小店的屋檐下等待，有一搭没一搭地闲聊打发时间，顺便躲雨。

不多时，软件显示车辆还有八百米，还有三个红绿灯。

沈枫记了一下车牌号，退出界面，又指了指后面的便利店，沉声道："我去买两瓶水。"

这里距离车站还挺远。加之又是下雨天，路上理应更加费时间。折腾了这么久，确实也有点渴了。

"好。"殷思秋点点头。

沈枫转过身，独自大步离去。

殷思秋则站在原地，把背包从肩膀上褪下来，准备将拍立得和相片都放回包里去。

然而，意外就在眨眼间发生。

一辆汽车疾驰而过。

轮胎碾过水坑，污水骤然溅起，朝人行道上四散开。

殷思秋站的位置恰好在那个大水坑斜后方。

污水猝不及防溅过来，她条件反射般地往后退了一大步。

"啪嗒"一声脆响。

拍立得没能拿稳，从手中掉了下来，砸到人行道的地砖上。

殷思秋一怔，反应过来，立马蹲下身去捡。

只可惜，外壳摔出了几道裂痕，取景器和镜头玻璃也碎成了几瓣，看起来难以复原。

沈枫回来时，见到小姑娘正蹲在地上，肩膀耷拉下来，从背影都能看出颓丧。

他有些纳闷，加快脚步靠过去，问："怎么了？"

听到熟悉的声音，殷思秋抬头看向沈枫，圆圆的大眼睛里噙着泪，表情满是自责。

她低声开口："我刚刚想把拍立得放进包里，但是有车过来，闪了一下神，没拿稳，摔坏了。"语气也带了哭腔。

沈枫啼笑皆非，伸出手，干脆利落地拉住她手臂，把她从地上拉起来。

"没关系，我寻买一台给你。殷思秋，你别哭。"

"……"

闻言，殷思秋吸了吸鼻子，垂下眼，攥紧了拍立得。

可是，再买一台又怎么能一样呢？

这可是沈枫送给她的成年礼。

还是第一份礼物。

意义非凡。

都怪她，要是她刚刚不想着拿包放东西，拍立得就不会意外脱

手了。抑或是，要是她没有提议冒雨来看母校，也不会发生这种事。

顷刻间，殷思秋被后悔情绪淹没。

直到上车，沈枫从口袋里摸出一卷曼妥思，塞了一颗到她嘴里。

哪怕是这样，也没有让她缓解过来，情绪依旧低落。

下雨天，执意重回故地的念头。

摔碎的拍立得。

一切都仿佛某种预兆。

不祥的预兆。

殷思秋扭过头，咬住下唇，愣愣地看向车窗外。

03

八月中旬，海城依旧在高温中挣扎。

殷思秋回到海城的第一天，就被沈枫催着去医院检查。

拗不过男朋友，她只得答应下来。

"知道啦，明天就去。"

隔着电波，语音里，能听得出沈枫声音十分严肃。

他"嗯"了一声，又说："明天我来接你。"

殷思秋靠在床头，闻言，连忙摇头："不用不用，我自己去就行……"

"早上八点半。说好了。"

次日，两人早早出发，去仁济医院挂号。

按照推测，殷思秋这种情况，多半是胃炎引发慢性病之类。根据沈枫这个海城本地人介绍，仁济医院便是以消化内科见长，相关科室在海城三甲医院里排名前列。

专家号要提前预约，等不及，只得挂了普通门诊。

医生是个年轻男人，看起来不过三十出头的模样，表情十分严肃，示意殷思秋仔细讲一讲症状："……只是食欲不振、呕吐，还有其他症状吗？比如胃疼之类的？"

殷思秋仔细想了想，摇头。

医生："约时间来做个胃镜吧，看看情况。只从症状来说，不太像胃炎，急性胃炎人家那都痛得要死要活的。等胃镜结果出来再看。"

说着，他在电脑上打上病案，又干脆利落地给开了单子，让殷思秋拿着胃镜单去缴费，结束问诊。

这个点，医院里人头攒动。

缴费窗口排起长龙。

殷思秋和沈枫慢吞吞地走到队末，站定。

人潮汹涌，两人像是一叶孤舟，并肩在一个阵营。

殷思秋也不知道为什么，脑子里会突然冒出这种想法。

她摇摇头，将杂念抛到脑后，低声开口："胃镜约的时间是周末，我爸妈应该会陪我来的。"

言下之意就是不好带着男朋友一起。

闻言，沈枫沉吟半秒，顺手摸了摸她头发。

他说："好，那复诊的时候我再陪你过来。"

因为看病这件事，时间突然变得很快。好似每天都在掰着手指数，等待去医院的日子。

殷母知道了情况之后，责怪殷思秋不早点说，并坚持一定要陪她去，哪怕请假也得一起去。

沈枫自是没了机会。

不过，殷思秋会给他发消息，或者打语音电话告诉他情况。

"胃镜结果出来了，没什么问题哎。我妈说要再去问问医生。"

"医生让我做个全身检查，说不一定是消化系统的问题，可能是其他机能出了问题。反正肯定不严重的啦，你别担心。"

"啊，周末要去拍 CT 了。"

……

距离拿 CT 报告还有两天时，殷思秋意外接到了医院打来的电话，让她第二天立刻去医院复诊，且最好有家属陪伴。

挂断电话，殷思秋心脏开始"怦怦"直跳，完全不受控制。

恰好，沈枫的语音电话突然打进来。

殷思秋没有立刻接起来，在房间里踱步几圈，又做了几个深呼吸，这才拿起手机。

"……沈枫。"语调与往常无异。

说不清为什么，她并不想立刻将刚刚医院打来电话的事告诉沈枫。

再等等吧。

等看看到底什么情况，再说。

别无端叫沈枫为她担心了。

沈枫："刚刚睡醒？这么久才接电话。"

殷思秋刻意地轻笑一声："对啊。"

看起来，一切都和往常一样，什么都没有改变。

但这一夜，对殷思秋一家人来说，却注定难眠。

未知即是恐惧。

像是等待审判的过程，十分难熬。

第二天，殷父和殷母都请了一天假，没有去上班，要陪殷思秋一同去医院。

此时已是八月下旬，算不得盛夏时节，但日照时间依旧很长。

海城六点半不到就开始日出。

天刚蒙蒙亮，客厅传来动静。

殷思秋陡然被惊醒，"唰"一下睁开眼，缓缓坐起身，侧耳仔细听了一下。

果真，这个点，父母也都已经起床了。

外头有微弱的脚步声，还有一些低语，听不清具体内容。

殷思秋轻轻地叹了口气，又躺回去。

还不知道具体是什么情况，她若是表现出心慌意乱、惴惴不安，还反常地这么早就起床，只会叫父母更担心。

辗转反侧，她硬生生地熬到将近七点。

殷思秋终于换好衣服，走出去洗漱、吃早餐。

七点二十，一家人驱车前往仁济医院。

医院门诊八点开始，但时间尚未到达八点，挂号大厅已经挤满了人。

在这个地方，每个人脸上都像是写满了人间疾苦。

殷思秋眨了眨眼，低下头，不再多看。

在问询台咨询了一下，殷父按照指示去拿检查报告。殷思秋则是和母亲一起坐在大厅，耐心等待。

不过十几分钟，殷父回到大厅。

许是心理作用加持，远远看过去，他有些步履蹒跚，步子迈得很是艰难。

殷思秋不由自主地攥紧了拳头。

转眼，中年男人行至母女俩面前，脸色确实是铁青的。

他说："说是把秋秋的病历转到肿瘤科去了，让我们重新挂号，去肿瘤科找一个什么医生……"

殷母当即变了脸色："肿瘤科？！"

不祥预兆竟然就此成真。

殷思秋咬住下唇，脸颊渐渐变得苍白，血色尽数褪去。

众所周知，仁济医院除了消化科出众，肿瘤科也是全国数一数二。

殷父恼怒地抓了下头发："先过去问问医生是什么情况再说，咱们也商量不出什么来……我去重新挂号。"

肿瘤科不在门诊大楼，三人找了一下医院的指示牌，从门诊楼后门穿出去，快步走到另一栋楼，再排队，上电梯。

"叮！"

电梯抵达楼层。

此刻，微弱一丝动静，都仿佛能刺激到心脏起伏。

从刚刚起，殷母一直抓着殷思秋，到电梯停下后，手指突然开始用力，力气大得好似要捏断她手臂一样。

殷思秋抿了抿唇，叹气："妈，你抓疼我了。"

闻言，殷母如梦初醒，触电般松开手："抱歉抱歉，秋秋，是妈妈不好……"

殷思秋能体会到母亲的心情，转而抬起手，主动挽住她。

殷思秋勉强笑了笑，低声说："妈，你别紧张。不是还不知道什么情况吗？别自己吓自己了。"

许是见多了各类型病人，哪怕一家三口的脸色看起来都不太好，医生也没有委婉。

"从片子来看，骨骼里有肿瘤。现在还看不出良性还是恶性，你们去办一下入院手续吧，做一个专项检查和穿刺。病房满了，但小姑娘情况有点严重，要尽快，加床住一下行吧？等有人出院再调床位。"

"肿瘤？！"

殷母失声惊呼了一声，颇有些难以置信，但在中年医生淡漠的目光中，还是勉力冷静下来。

她撑着桌子，哀求似的喃喃："怎么会呢……肿瘤和癌症不是大多只有年纪大的人才会得吗……医生，您再看看……会不会是查错了？"

被质疑专业能力，医生却没有生气，依旧平静道："所以才说要重新做检查啊。如果是良性肿瘤，做手术治愈率很高。不过，现代癌症的病发率，青少年和老年人几乎持平。"

"……"

"我可以理解家长的心情，但是最好还是平复一下情绪。"顿了顿，那医生抬起头，还是安抚了一句，"没关系的，很多病人来的时候都紧张得不得了，结果穿刺做出来是良性，高高兴兴回家去了。恶性肿瘤的概率还是比良性低很多。你看看，小朋友还挺坚强的，大人可不能倒下啊。"

殷思秋苦笑了一声。

哪有什么坚强不坚强呢，她手心都快被自己抠破了。

但有些事，不到尘埃落定那一刻，总归会抱有一些期许。

或许就是山重水复，柳暗花明。

也许正如医生所说，不过是一个良性肿瘤，没必要这么早就开始绝望。

九月第一天是中小学生开学日。

海城刚刚下了一场暴雨。

这里和白术镇不同，属于东部沿海地区，一年四季气候潮湿。夏天有台风，会下雨，冬天也会下雨，降雨量很大，并不算什么稀奇事。

只不过，这个时间，应该是今年夏天最后一场雨。驱散炎热空气，也正式拉开了秋日序幕。

海城的夏天到此结束。

秋天来了。

此刻，殷思秋家也是秋风萧瑟，乌云笼罩。

由于医院床位不够，穿刺结束两天后，安排殷思秋先出院回家休养，等待结果。

所有人都绷紧了神经。

早几天，沈枫给殷思秋打语音电话，讲他马上要去考科目三，时间恰好也是安排在今天。

像是宿命一样。

关于体检，殷思秋还是没有告诉他检查结果，只说是贫血，没什么大事。

后面要如何开口，她还得结合穿刺报告，再仔细考虑考虑。

这么打算着，一时之间，万千思绪繁杂混乱，转来转去，直愣愣地在脑海里绕成毛线团，组成复杂迷宫，叫人找不到出口。

实在是无可奈何。

倏地，一阵来电乐声在客厅响起。

是殷父打来的。

殷思秋听到声音，也从自己卧室走出来，恰好看到母亲抖着唇接起电话这一幕。

"你说……"

下一秒，殷母再也站不住，脱力般滑倒下去。

殷思秋吓了一跳，当即跑过去扶住她："妈！"

手机从殷母手上滑落，"啪嗒"一声，掉到地上。

听筒里，殷父还在继续说："……你们晚些时候就过来吧。"

殷思秋一只手撑着母亲身体，另一只手去捞手机，摸了几下，拾起来，拿到耳边。

她低声问道："爸？我是秋秋，怎么样了？"

电话那端，仿佛骤然静默下来，只余微弱的电流音，盘旋于耳郭。

良久，男人终于开了口："秋秋，爸爸妈妈对不起你，没能给你健康的身体……爸爸已经在排队办住院手续了，你收拾一下东西，让你妈妈下午就带你过来吧。咱们看病，看医生，会好的。"

殷思秋眼睛一酸。

刹那间，泪如雨下，丝毫不受控制。

她抽抽噎噎地问："到底、到底是什么病啊？是癌症吗？爸爸，你直接告诉我好不好？我不想被蒙在鼓里，求求你告诉我……"

什么冷静。

什么期许。

什么自持。

……

在这一刻，全部化为泡沫。

殷思秋承认，她很害怕。

从第一次去肿瘤科那天起，她就非常非常害怕，害怕得快要疯掉。

要做手术吗？

很疼吗？

……她会死吗？

明明，她才十八岁。

为什么？

为什么才刚刚摆脱高考进入理想院校，才刚刚和喜欢的男孩子在一起，才感觉到人生变得美好灿烂起来……就要面临这种变故。

殷思秋想不明白。

一切揣测都叫人崩溃，无法接受。

听到女儿哭泣，殷父长长地叹了口气，声音里也带上了无力与哽咽。

他低声说："骨癌，高度恶性。"

青少年骨癌属于恶性肿瘤，病发速度很快，凶险程度极高，治疗过程也十分痛苦。

关键是，治愈率并不高。

殷思秋入院后，主治医生立刻就开始安排治疗方案。

"……病人属于原发性骨肿瘤，幸好发现得不算晚，还没有到末期，病灶暂时也没有转移。目前来看，最好立刻开始第一期放疗，先看看放疗效果。"医生安抚般地拍了拍殷思秋的肩膀，"小姑娘，怕不怕疼？"

殷思秋咬住唇，轻轻点头。

"怕疼也要坚持啊，要不然发展到后期，会非常非常痛苦的。"

"……"

一语成谶。

细细数数日期，就在财大开学报到前那天晚上，殷思秋突然开始剧烈疼痛。

这种疼痛很难用语言来描述，像是用某种利器剧烈敲击着身上每一块骨头，要硬生生地、从里到外地击碎她。

太痛了。

比之前摔伤脚踝时，还要痛苦一百倍一千倍。

不过几十秒，她就已经满头大汗，几乎要大声尖叫起来。

病房里，殷母在陪床。

见状她也吓坏了，立刻按了呼叫铃。

值班医生过来检查了一下，给她们解释说："这是骨癌的正常症状，间歇性骨头痛……之后按压骨头也会开始疼痛，痛感会越来越剧烈。现在医生不在，详细的情况明天早上查房的时候可以问他。殷思秋，还能坚持吗？实在忍不了的话，我可以给你开止痛药，需要吗？"

殷思秋死死地咬着下唇，说不出话来，只能动作微弱地点点头。

十几分钟后。

终于，一切风平浪静。

殷思秋仰面躺在床上，目光呆滞地望着天花板，脑袋里空白一片。

殷母目光怜惜又心痛，手里拿了块湿毛巾，正小心翼翼地帮她擦拭着脸上和额上的汗。

时间已经不早。

窗外，天色彻底黑下来。

肿瘤科病房是三人间，病床间用厚实布帘隔开，保证隐私。

另外两张病床都是老人。这会儿，两个病患和家属都还没有睡，正在帘子后面小声说着话，一派祥和。

这种轻声细语，在此番场景下，难免有些悲情色彩。

仿佛某种纪录片调了色、调了光，妄图唤起观众的怜悯之心。

除了画中人，每个人都愿意为此流几滴泪。

蓦地，殷思秋轻轻开口："妈。"

殷母动作一顿："妈妈在呢。怎么了？还痛吗？"

"妈妈，你说，我是不是在做梦啊？"她声音细若蚊蚋，犹如呢喃。

真的好像一场梦啊。

是不是只要她立刻醒来，就会发现自己正在和沈枫打着语音电话、收拾行李，和所有大一新生一样，准备明天去财大报到呢？

这半年来，好像每件事都紧锣密鼓地在发生，叫人措手不及。

越是如此，才越发觉得恍若梦中。

只是，话一出口，殷母便彻底崩溃了。

她扭过头，硬生生地将眼泪和啜泣憋回去，再深吸一口气，温声哄道："宝贝，早点睡吧，不要想这么多。医生不是说了嘛，要保持比较好的心情才有利于治疗……"

寥寥几句，平静再难维系。

殷思秋眼珠微微一动，视线落到母亲身上。

不过入院几天工夫，殷母头上已经长出了银发，在病房暗淡的灯光下，显得尤为显眼。

心脏"咚"一下，坠落谷底。

事实上，不是她一个人在受折磨。

她明明知道，为什么还要问那种话呢。

思及此，殷思秋慢慢抬起手臂，指腹触到母亲的脸颊上，努力为她拭去泪珠。

殷母身体一僵，连忙握住女儿的手指，叠声道："妈妈没事，秋秋，你乖一点。学校那边你爸爸已经帮你请假了，他们还有半个月的军训，等咱们第一疗程治完就会好的，就可以去上学了啊……啊，坚持一下。你从小最乖最懂事了，疼也坚持一下，不能放弃，知道吗？"

殷思秋点点头，嘴角努力往上牵了一下。

停顿几秒，她突然想到什么事，说："妈，我能不能给男朋友打个电话？"

殷母愣了愣，诧异地重复："男朋友？"

"嗯。"

这些日子，殷思秋找了个借口，和沈枫说自家有亲戚一家借住，卧室也要和人共享，不太方便打电话，只能用文字聊天。但因为密集治疗，还有吊不完的针，她长时间处于一种昏睡状态，消息也没办法及时回复。

殷思秋不知道沈枫发现了什么端倪没有，却也没办法顾上了。

只不过，这一刻，疼痛褪去的这一刻——

她真的很想听听沈枫的声音。

她的阳光。

她的启明星。

能带她走出黑夜的少年。

沈枫就像殷思秋小时候虔诚地丢出去的那只纸飞机。她一直相信，他能载她去宇宙尽头，相信他无所不能。

甚至，她一直暗暗希望，希望这一次，沈枫依旧能成为她的救世主。

或许是情况不同于平日，殷母并没有多问，只想满足女儿一切要求。

她连忙应声："可以，可以的。那妈妈去外面打点水，再找医生聊聊……呼叫铃就在旁边，你感觉不舒服马上按铃，知道了吗？"说着，把手机放到殷思秋手上，干脆利落地站起身，转身离开。

霎时间，帘子围起来这一处密闭空间，只剩下殷思秋一个人。

四周悄然无声。

连呼吸都不自觉变得微弱。

隔壁床位的低语仿佛来自另一个宇宙。

殷思秋垂眸，攥紧了手机。

踟蹰片刻，她切出聊天界面，点击语音通话。

不过几秒钟，那头就接了起来："殷思秋。"

少年人嗓音好听又熟悉，淡然里带着一丝温柔，且独一无二，只属于她一个人。

在殷思秋听起来，就像是一种毒药，会让人上瘾。

她不受控制地流下泪来。

许是因为迟迟没有人说话，沈枫的语气变得严肃起来："殷思秋，怎么了？发生什么事了？告诉我。"

不能告诉他。

再委屈也不能说。

她的少年，只要光芒万丈就够了，不该来陪她承受这些痛苦。

殷思秋死死掐住手指，将泪意憋回去。

片刻，她终于开口："没有事啊，外面不是在下雨吗？刚刚去开窗的时候，雨丝飘进来，手机差点滑掉啦。"

瓮声瓮气的，只能刻意装得热烈自然。

可惜，沈枫没有那么好糊弄。

他沉声说："殷思秋，你最近很不对劲。"

"哪里不对劲？"

"你说呢？明天你几点出发，我来送你。"

殷思秋吓了一跳，连忙拒绝："不用啦，明天我爸妈肯定要送我的。而且又不是去什么很远的地方上学，就在城西而已，打个车一个小时都够了。不用那么麻烦的。你今天科目三考得怎么样？"

她强行生硬地转开话题。

沈枫停顿一下，语调压出几分冷冽味道来："过了。我明天去财大等你，一起吃晚饭？殷思秋，我们已经好久没有见面了。"

上一次还是在医院里，在消化内科，然后两人就没有再见过了。

作为男女朋友，沈枫这个要求理所应当。

殷思秋沉默一瞬，有点想不出理由应付。

须臾，她终于找到借口，低声说："不行哎，明天我可能还是要跟爸妈一起回家住的，军训不是大后天才开始吗？我想想……唔，你不是马上也要去报到了吗？"

F大和财大安排不同，新生报到时间也差了好几天。

而且，F大军训安排在大二那年暑假，也和财大这边不太一样。之前沈枫就跟殷思秋讲过。

闻言，沈枫慢条斯理地"嗯"了一声。

殷思秋："军训应该出不来，也没法来送你……等我们军训完之后就是十一了。要不，咱们十一长假一起去旅游，怎么样？你有其他安排吗？"

这个提议，总算让沈枫满意。

他幽幽地叹了口气。

"殷思秋，你都不说想我。"他顿了顿，又补上一句，"……'可爱'都想你了。"

话音未落，殷思秋已经捂住了眼睛。

为了不让眼泪涌出来，她必须竭尽全力。

许久，她开口喊他："沈枫。"

"嗯。"

"你会一直喜欢我吗？一直一直……会一直爱我吗？"

"当然。"

沈枫没有丝毫犹豫。

得到答案，殷思秋扯出一个笑。

"我也是。不早了，我爸妈叫我睡觉啦。晚安。"

第六章 🍂 霜降

「我们相爱一生　一生还是太短。」

——沈从文

01

九月中下旬。

海城秋老虎肆虐，气温再次回升。

白天，空气里都是燥热因子，闷得人焦灼。

入夜后，晚风轻拂，好似才展现出一点点秋日凉意。

住院楼外面种了一排梧桐，这个时间，梧桐叶边缘已经开始一点点泛黄。想必用不了多久，叶子就会彻底变黄、飘落，继而和这

个秋天一起被埋葬。

殷思秋望着窗外，开始胡思乱想。

她刚刚进行了第一次手术。

或许，医生都没有想到，病情恶化速度会这么快。

不过短短半个多月里，放疗才开始，癌细胞就开始加速扩散，甚至还引发了一系列并发症。

现在，如果不挂镇痛泵，殷思秋每天晚上都难以入睡，骨头痛到撕心裂肺，让人恨不得撞墙一了百了。

治疗方案不得不推翻重来。

殷家只是普通家庭，父母在海城奋斗十几年，才勉强站稳脚跟。

他们连房贷都还没有还完，实在拿不出很多钱。

但因为没有大病医保，殷思秋每天的住院费、进口药费、手术费用，不少都是自费项目。无论是金钱还是心理折磨，对这个家庭来说，都像是不能承受之重一般，将人压得喘不过气来。

九月初，为了照顾殷思秋，殷母已经请完了全年年假。到这会儿，她不得不开始考虑离职事宜。

毕竟，两人的工资在这种恶性绝症的治疗面前，只是杯水车薪。

"……老家的房子已经挂出去了吗？"

半梦半醒间，殷思秋听到熟悉轻语。

她眼皮轻轻动了一下，没有立刻睁眼，只继续听着。

殷父沉沉"嗯"了一声，又说："那个房子不怎么值钱，很难卖。你别急，好好照顾秋秋，我再想想办法。"

殷母忍不住潸然泪下。

她哽咽半天："有什么办法呀，你今天没听医生说吗？病灶扩散速度非常快，手术也不见得能控制根除。如果发展得不好，后面可能还得化疗。我已经问过了，如果用进口药，咱们家那点积蓄根本撑不到第三个疗程。"

"那也得看啊！总得给女儿用最好的药吧！她才十八岁！"

殷母："我怎么可能不让她看病！那可是我的女儿！我的意思是说，要不，咱们把郊区那套房也挂出去吧，去掉贷款，能折个几十万回来救救急。房子以后还能再买，你说行不行？"

"好，这周末我去中介让他们帮忙挂牌。不过卖房子肯定需要点时间，现在咱们还撑得住，不行我就先把车抵出去。"

殷父没有丝毫犹豫。

……

夫妻俩站在床帘外说话，他们并没有注意到，病床上的殷思秋已经用力咬住了手背。

此刻，她手背上有滞留针针孔，还没有愈合，咬上去痛得要命。

可是，在现实面前，这点痛好像根本不算什么。

九月底，殷思秋终于结束第一次手术观察期，精神也跟着稍微恢复了一些。

不过，手术效果却不怎么理想，只能算是短时间控制了扩散，后续还得继续化疗。

在殷思秋本人的强烈要求下，医生终于同意她十一长假期间离院回家。

为此，殷父殷母都十分不赞同。

"秋秋，如果你是为了省钱的话，这不是你该考虑的问题。为了保留你的床位，就算出院，住院费还是要给的。而且，在家里没

有医生，万一出什么意外怎么办？"

事实上，殷思秋现在就像一个玻璃娃娃，不能碰也不能撞。

身体疼痛还是次要，主要是很有可能引发其他问题。

但就算父母强烈反对，殷思秋还是固执己见，难得叛逆一回。

"……我和朋友约好了十一要出去玩，一定要去的。"

殷父殷母对视一眼，神色有些异样："和什么朋友啊？"

殷思秋住院这一个月来，没有朋友或同学来看过她。

作为家长，也能理解女儿。毕竟，因为手术和放疗，还有每天各种药物刺激，她头发一把一把地掉，整个人也变得骨瘦如柴、憔悴不堪，自己都不敢照镜子。

这种模样，对于一个小姑娘的自尊心来说，是一种致命打击，或许并不想让朋友看到。

所以"和朋友旅游"这个理由，听起来就有点不切实际。

"……"

还未等到殷思秋开口，殷母突然反应过来："男朋友吗？"

殷思秋点点头。

"这有点不合适吧，不说你的身体能不能吃得消出去玩，和男朋友出去旅游，是不是有点……"

事实上，殷父殷母并不是不开明之人。

在他们那个年代，白术镇教育落后，小镇不少年轻人高中毕业，早早就结婚生子，只是谈个恋爱又算什么。但若是放到自己女儿身上，难免要担心她受委屈、受欺负。

特别是现在这种……情况，实在叫人忧虑。

闻言，殷思秋动作微微一顿。

她低下头，抿了抿唇，轻声道："我前几天做了一个梦。

"梦到医生跑进来告诉我，病灶已经被根除了，我全都好了，可以出院了。只要五年后再来复查一次，没有复发，就能回到正常人的生活。我特别特别高兴，醒来的时候还在笑呢。"

殷母："秋秋，会的，这不是梦，只要再坚持一阵……"

殷思秋叹了口气，继续说："我也觉得这不是梦。但是每天躺在病床上，心里很难受。所以，我想去普陀山拜拜佛，求这个梦早日成真，你们说好不好？"

"这……'

"还有，我男朋友你们见过的，就是之前送我回家，然后上来借雨衣的那个男生。妈，你不是说他长得很好，而且人看起来也很正气吗？他人真的很好，你们不用担心的。让我去吧，好不好？"

"……"

千说万说，嘴皮子差点磨破。

终于，殷思秋父母还是松了口。

三人简单收拾了一下东西，又去办齐了离院手续才开车回家。

不过短短一个月，对殷思秋来说，就像是半辈子那么漫长。本该万分熟悉的出租屋，竟然平白透出几分陌生来。

她在自己那间卧室门口停驻许久，犹犹豫豫地抬起手，好半天，才将房门推开。

里头没有丝毫变化。

床是床。

写字台也还是写字台。

什么都没变。

227

殷思秋靠在门上，怔怔地看着这一切。

她想到白天自己说过的那个梦。

真相是，梦里并没有什么好运和未来。医生给她下了病危通知单，父母哭倒在抢救室外。

她仿佛只是一缕空气，只能站在旁边看着，却什么都做不了。

到最后，沈枫从走廊尽头狂奔而来。

绝望气息弥漫而开。

殷思秋一下子从梦中惊醒。

对她来说，此刻，有些事已经不得不立刻去做，要不然可能会一直后悔。

一片秋风萧瑟中，十一小长假终于开始。

殷思秋拖着行李箱，抵达沈枫家别墅。

说实话，这还是她第二次到沈枫家。

第一次是送"可爱"回去。但当时也没有怎么参观，只是在一楼客厅坐了会儿，便不由得有些害羞起来，急着要离开。

她推开门。

沈枫似是已经等待许久，难得地在他脸上看到一些不耐烦神色，打破了素日的淡漠冷峻。

殷思挤出一丝笑意。

她还没来得及说话，迎面而来一个巨大的拥抱。

少年张开双手，用力将殷思秋拥入怀中，按得很紧。

他的心脏就在她耳边"咚咚"跳动。

每种情绪，都要叫她亲耳认证。

只不过，他有点过于用力，对于一个脆弱得就像一张纸一样的病人来说，被他按到的骨头，都好似会碎裂开来。

殷思秋拧了拧眉头，依旧没有作声。

沈枫丝毫没有察觉，轻声开口："殷思秋。"

"嗯，我在。"说着，殷思秋抬起手臂，也抱住他。

"好久不见。"

停顿数秒，两人都没忍住，笑了一声。

沈枫终于松开她，仔细端详她的脸，说："瘦了好多。"

殷思秋生怕他看出什么来，明明心惊肉跳，却还要佯装淡定："军训嘛，肯定会瘦的呀。还好我白，没晒黑呢。"

沈枫摸了摸她头发，让开半步，示意她进来。

两人计划先在沈枫家集合，住一晚，然后第二天沈枫开车去机场，搭早班飞机去普陀山。

本来，从海城可以直接坐船去舟山群岛，但坐船要几个小时，殷思秋怕自己撑不住长途跋涉，提议还是坐直达航班。

沈枫自然没有导议。

只不过……

"你怎么跟你爸妈说的？"

殷思秋："我就说我国庆要和室友一起出去玩呀。室友不是本地人，肯定住在寝室里的，我就直接和她们一起出发。"

真是天衣无缝。

沈枫勾了勾唇，叹气："这种躲躲藏藏的感觉，挺神奇。"

闻言，殷思秋当即停下动作，从口袋里摸出一卷曼妥思，挤一颗到他手上，顺口假意安抚道："别难过，你都去过我家了呀。我爸妈肯定都记得你，这样想是不是就挺刺激的？"

沈枫：“……"

说笑半天，沈枫才领着殷思秋去客卧放了行李。再上楼，将"可爱"从三楼放出来。

"咚咚咚！"

它从楼梯狂奔下来，跑到殷思秋脚边，"汪汪"喊了几声，然后就绕着她打转。

人来疯一样，丝毫不认生。

殷思秋赶紧将它抱起来。

几个月不见，"可爱"已经飞快长大，变成了一条大柴犬。脸也长开了不少，看起来比小时候还要可爱。

殷思秋陪着"可爱"玩了许久。

不知不觉，天色渐渐擦黑。

沈枫叫了外卖，等殷思秋下楼，问她："最近食欲好点了吗？"

"嗯，比之前好多啦。"

这是假话。

因为药物的副作用，这一个月里，她经常吃几口就开始吐，连喝水都会犯恶心。

但真相又不能告诉沈枫。

自然，饭桌上，简单扒拉几口，殷思秋便犹豫地放了筷子。

沈枫蹙起眉："不喜欢吗？"

殷思秋摇摇头，深吸一口气，苍白脸颊开始一点点透出殷红来。

她低声说："我有话要跟你说。"

"嗯？"

"沈枫，我……"

顷刻间，气氛好像凝滞了。

餐厅里静默一片。

沈枫也不着急，靠到椅背上，动作一派慢条斯理，好整以暇的模样，静心等待殷思秋的未完之词。

然而，殷思秋却迟疑了。

平心而论，她并不是什么无私的人。或者说，从检查出得病起，这些日子所受这些折磨，早就将她折磨得失去了理智。

她很想自私一回。

偏偏，在对上沈枫视线这一刻，殷思秋还是忍不住犹豫起来。

面前这个人，是她最爱的少年。

曾经是，现在也是。

是她从十四岁开始，漫长岁月里，一直在追逐仰望的星光。

殷思秋不想太过悲观，却无法摆脱现实情况，强迫自己乐观。

病情会怎么发展？

癌细胞病灶会不会继续扩散？

谁都没办法确定。

她不敢展望自己的未来有多长，但可以肯定，沈枫的未来，一定闪耀而熠熠生辉，一定会有无限可能。

她不能自私。

不能去给他捆上枷锁，拖累他。

不能让他有丝毫负罪感。

绝对不可以。

良久，殷思秋长长地舒了一口气，开口打破这份静默。

她说："我这几天天天在学校吃各种菜，都吃了半个月了，今

231

天实在不想吃了。对不起，应该早点跟你讲的，都浪费了……要不，晚点咱们点烧烤当夜宵吃，好不好？"

沈枫侧了侧头，喊她："殷思秋。"

"啊。"

"你想跟我说的话就是这个？"

无端把气氛弄得这么凝重，沈枫有些不太相信。

殷思秋讪讪一笑，挠了挠脸颊，轻声嘟囔："对呀。"

"你看着我的眼睛。"

四目相对。

片刻，到底是殷思秋先败下阵来。

她垂下眸子，率先站起身，落荒而逃似的离开了一楼餐厅，丢下一句"我先回房间了"，人便没了影子。

别墅灯光明亮。

入目处，一切如同白昼般清晰。

沈枫抱着手臂，眉头紧蹙，表情似是已然陷入深思中。

殷思秋很不对劲，非常不对劲。

但他一时半会儿却又说不出什么来，只能再等等看，观察一下。

事实上，沈枫偶尔也会担心，是不是自己给了殷思秋太大压力，将她逼迫得太紧。

小姑娘性子本就有些腼腆。高中时，小心翼翼、不遗余力地靠近他，或许已经用尽她最大的勇气与力量。

殷思秋已经把最好、最真诚的感情全都给了他，他不应该再强求她什么才对。

慢慢来吧。

232

沈枫在心里叹了口气。

另一边，殷思秋大步回到客卧，反手关上房门。

因为一直躺在病床上，许久没有运动，加上各种治疗，身体素质也随着病情在下滑，只不过快步走了那么一小段楼梯，她已经感觉有些疲惫，呼吸也随之急促。

顿了顿，人靠到门后缓了会儿。

殷思秋趴到床上，将脸埋进枕头里，忍不住呜咽。

沈枫，从此以后，你要为自己活着。

幸好，我们才十八岁呢。

你很快就会忘了我的。

这样就再好不过了。

……

国庆假期第二日，依旧是小长假高峰出游期。

殷思秋和沈枫的航班准点落地普陀山。

普陀山属于舟山群岛，虽然和海城距离并不太远，但毕竟是海岛，四面临海，海风热烈，吹得人发丝纷飞。仿佛无论站在哪个角落，都能感觉到风里挟着的海水腥咸气。

这会儿，四面八方都是游客。

不仅仅是中考年人，年轻人也不少，大多三五成群，并肩而行。

殷思秋和沈枫混迹其中，倒不显得另类。

两人手牵手，不急不缓地排在人群末尾，打车前往酒店。

远远望去，一个清秀瘦弱，一个俊朗挺拔，青春味道肆意横生。

美好得犹如罗曼蒂克电影。

不多时，出租车抵达酒店。

按照计划，他们打算先在酒店休整一天，下午随便逛逛，晚上去吃顿海鲜大排档，明天再搭巴士去普济寺。

没想到计划赶不上变化，至入夜时分，外头居然下起雨来。

海鲜大排档不得不挪到后面，先回酒店吃晚饭。

酒店二楼是餐厅。

临窗位置能瞧见远方的海平面，在夜色和雨幕之中，好似奔腾猛兽。海水是它的铠甲，灯塔是它的眼睛。

殷思秋撑着下巴，目光定定地落到窗外。

"在看什么？"蓦地，沈枫出声问道，成功打断她沉思。

殷思秋猝然扭过头来。

脸颊苍白，毫无血色，眼神也像是垂垂老矣的老者。

只有笑起来时，才能感觉到些许少女靓丽的痕迹。

她眨了眨眼，温声作答："我在想，入秋是不是海水就会涨潮了？海平面是不是会升高？"

"嗯，因为太阳引力。"

沈枫点头。

显然，这并不是她真正在想的问题。

殷思秋嘴唇微微一动："沈枫，你喜欢秋天吗？"

"当然。"

"为什么？是因为你的名字里有枫叶的'枫'字吗？"她难得较真。

沈枫挑了挑眉："为什么不能是因为女朋友的名字里有秋天的秋字呢？"

这样看来，他俩确实是绝配。

闻言，殷思秋低下头，耳尖不自觉地泛红。

她抿了抿唇，小声叹气："你这样太片面了。不好。"

不过，对于殷思秋来说，沈枫确实是她最喜出望外的那个秋天。

雨只下了几个小时，凌晨时分便停了。

次日一早，殷思秋和沈枫穿上了秋季外套，踩着微湿地面，出发。

许是因为时间尚早，巴士上没什么年轻人。阿姨大叔说着各地方言，闹哄哄的。

下了巴士后，再走半段，就能看到普济寺大门。

门口有卖香的地方。

殷思秋拉着沈枫一起去买了香，一副虔诚架势。

见状，沈枫忍不住问："你想求什么？"

殷思秋正在拆香，听到提问，身体不自觉地僵了僵。

她讷讷道："嗯……身体健康之类的吧。哎呀，来都来了。"

事实上，殷思秋迷迷糊糊地长大，这一生未曾有过什么宗教信仰，似乎也不曾期待过神明庇护。但这一次，她却无比虔诚地跟着人流，踏进庙宇之中，跪到佛像前的蒲团上。

蒲团不够厚实，殷思秋没预估好力气，跪下去时，膝盖骨传来一阵剧痛。

她脸色一白，指甲用力抵进掌心肉里，用尽全力，才不露声色地忍了下来。

转眼，沈枫也在旁边的蒲团跪下，与她并排。

两人默契对视一眼，继而各自回过头，转向佛像。

殷思秋身体跪得笔直，双手合十，合上眼，开始默念祈求。

祈愿佛祖保佑她的少年，此生顺遂，未来一片坦荡。

她漫长的少女爱恋与珍重，尽数寄托于佛陀。

事实上，到此刻，殷思秋衣物底下已是一派瘦骨嶙峋，似是再无回转生机。所以，什么愿望都只能依托于信仰了。

佛像低眸凝望着这世界，仿佛要将所有慈悲尽数赋予人间芸芸众生。

……

然而，殷思秋却完全没有猜到，身侧，沈枫一样在对着菩萨许下心愿。

他的愿望比殷思秋小很多。

只希望自己和殷思秋能走到最后，一辈子在一起。

无论幸福，抑或是苦难。

叩拜结束，起身那一刻，殷思秋痛得脸色苍白，汗珠几乎已经快要从额间滑落下来。

她连忙侧过脸，试图将一切端倪尽数藏匿。

幸好普济寺人潮拥挤，难免有人推推搡搡。两人一出庙宇，被人潮挤开老远，淹没在游客中。

殷思秋没急着动弹，在原地等了会儿。

果然，不过半分来钟，沈枫已经拨开人流，顺利找到她，来到她旁边。

殷思秋笑起来，嘴角一对小酒窝清晰可见。

她抬手，指了指斜前方，说："我想去求个开光佛珠，你说好不好？"

沈枫哪会说不好，自然是随她。

两人折进庙里卖佛珠、佛像和佛经的地方。里头，佛像都是镀了金的，琳琅满目地摆在玻璃柜中。

看着极为闪耀，却不失庄重与肃穆。

殷思秋丝毫看不懂这个，转了一圈，挑挑选选，只按照自己眼光，选了两串小叶紫檀手钏。

一串珠子大些，另一串则是比较小比较秀气，但长度都差不多，绕在手上能缠上两三圈。

她按照寺里方丈嘱咐，拿着两串手钏又去拜了拜，而后将珠子大的那串拿给沈枫。

"沈枫，现在这串佛珠就是我求过菩萨的手钏啦，要是不嫌麻烦，你就戴着吧，说不定真的能保佑你呢。"

这次，沈枫并没有笑。

他把手钏绕到自己手腕上，动作十分仔细认真。

小叶紫檀衬得肤色十分白皙，再加上沈枫气质沉稳出众，佛珠戴在手上，很有点怂长禅意。

他淡淡地说："好，我会一直戴着的。"

闻言，殷思秋眼眶一酸，立马转过身去，又假意去看其他东西。

殷思秋体力不支，随便找了个借口，两人便没有再继续上山，原路返回酒店。

最终，还是吃上了那顿海鲜大排档。

只是，原本沈枫还打算带殷思秋去舟山其他岛逛逛，但殷思秋接到了家里电话，不得不提前结束旅程，返回海市。

10月6日是小长假倒数第二天，殷思秋办理好住院手续，重新

回到医院，开始下一阶段治疗。

入夜时分，病房已经关了灯。

殷思秋从床头柜摸过手机，小心翼翼地弄好手背上的滞留针，再整个人闷进被子里。

被窝里没有光线，只有手机屏幕散发着莹莹微光。

鼻尖则充盈着消毒水气味。

一切的一切，感觉起来，既真实又虚幻。

她点开与沈枫的聊天框。

对话还停留在白天，沈枫问她什么时候回学校，他打算开车送她去。

殷思秋一直没有回复。

沈枫似乎有些不解，晚上七点多又发了一个问号过来。

沈枫：【？】

殷思秋盯了一会儿，鼻子开始发酸。

但是不能哭。

因为查房医生早上跟她说，她现在已经需要每天打营养针，哭一场，今天的营养针可能就白打了。

她重重咬住唇，指尖点开键盘，开始一个字一个字地往上敲。

编辑好一句话，又停顿了好像一万年那么长。

终于，殷思秋下定决心，点击了发送键。

殷思秋：【沈枫，我们分手吧。我感觉，这个恋爱和我想象中的有点不太一样。你很好，可我还是喜欢那个离我很遥远很遥远的沈枫同学。对不起啊。】

下一秒，她便将沈枫的手机号拖入黑名单。

做完这一切，殷思秋关了手机。

不能哭。

她对自己说。

至少，她的暗恋，曾经那么短暂地触摸到了那抹清冷月光。

收尾也足够完美。

这就够了。

02

一夜之间，沈枫彻底失去了殷思秋的消息。

收到分手信息后，他立刻给殷思秋打了电话，但无论是微信语音电话或是电话号码，全都无法接通。

秋日。

夜色微凉。

沈枫站在窗边沉吟片刻，到底是按捺不住，套上外套，踏着夜色开车直奔殷思秋家。

殷思秋家那个小区虽然是老小区，将近一半是租客，但物业做得却很到位，陌生车牌不能放行。

沈枫将车停在路边，下车步行。

毕竟还在黄金周小长假期间，这个点，路上有不少晚归路人。大多三两成群，说说笑笑，表情看着轻松愉悦。

可惜，沈枫行色匆匆，丝毫没能被这种氛围感染。

抵达殷思秋家那栋单元楼，他停下脚步，仰起头，去找那扇窗户。

沈枫的空间感和记忆力都很好，虽然只去年上去过一次，却也能记得殷思秋家的具体门牌号。

老式住宅不比新楼，一层住户并不太多。殷思秋家这边一层只

有四户人家，只要在楼下简单数一下，就能找到对应的窗户位置。

此刻，两边邻居都亮着灯，只有她家窗户是黑洞洞一片，似乎里头的人心无旁骛，已经早早入睡。如果贸然上去敲门……好像显得有些过于失礼。

毕竟，时间已经这么晚了，她父母估计也会不高兴吧。

沈枫蹙起眉。

他想了想，摸出手机，开始打字。

沈枫：【殷思秋，我在你家楼下。】

沈枫：【有什么事我们当面说。】

沈枫：【我会一直等你。】

微信发送成功。

沈枫靠在旁边树干上，垂下眼，捏着手机。

指腹轻轻摩挲屏幕，耐心等待。

五分钟。

十分钟。

半个小时过去。

终于，他可以确定，这几条消息石沉大海。

殷思秋或许是压根儿没有看。

抑或……看了也没有放在心上吗？

下一秒，沈枫推翻了自己这个猜测。

说实话，在他看来，殷思秋就是个很好懂的小姑娘，从始至终，一直都是。

她可能自以为自己藏得很好，但眼神却很容易出卖内心想法，继而，被人看穿。

要说殷思秋隐瞒心思最天衣无缝的一次，莫过于这条分手微信。

明明在几天前，两人还有说有笑，还一起去普陀山烧香拜佛，一起求了手钏。一切都很正常，什么迹象都没有。

所以，到底是为什么？

沈枫脸色越发差。

　

一夜过去。

沈枫就这么靠在树干上，靠了整整一夜。

第一抹天光初现时，他浑身的骨头似乎都僵直了，又酸又麻。一时之间，他压根儿没法动弹，只得慢慢地一点一点地用肌肉发力，先将身体稳住，扭动了动手腕和脚踝，捏了几下脖颈，才勉强恢复过来。

想了想，沈枫快步走到小区外头，先买了几份早点。

见时间差不多，也不算早得太失礼后，他这才深吸了一口气，循着记忆上楼，敲门。

"咚咚！"

"咚咚！"

敲了好几声，里头依旧毫无动静。

没有人在家。

沈枫脸色越发阴沉，再加上一夜没有休息，阴沉中还夹杂着些许憔悴颓唐。

在他这张脸上，很有点暴殄天物味道。

他手中的塑料袋中，煎饼依旧温热，一阵一阵散发着油炸香气，勾得人食指大动。

沈枫却没任何心情和食欲。

他反身靠到旁边的白墙上，拧着眉，从口袋里摸出手机，给丁

晴打电话。

时逢节假日，显然，所有大学生都不会这么早醒。

听筒里，"嘟嘟"声响了大半分钟，终于，那头有人接了起来。

丁晴迷迷糊糊地"喂"了一声："哪位？"

"我是沈枫。"

"……"

丁晴一下没声了。

好半天，她难以置信地开口问道："沈枫？这么早，找我有什么事吗？"

沈枫抿了抿唇，先说了句"抱歉"，接着，才问道："殷思秋最近两天有和你联系吗？她有和你说什么吗？"

他嗓音有点哑，听起来很是郑重严肃。

闻言，丁晴完全清醒过来。

仔细想了一会儿，她摇头："没有，我们好久没有联系了。好像从八月中旬开始，就没怎么发过消息了哎。"

他们学校和殷思秋、沈枫都不同，八月底就要开始新生军训。

进入大学之后，各种琐事纷杂，丁晴又是个外向性子，加了学生会和社团，还要和室友处好关系，每天都忙于结交新同学和参加活动，难免对旧友疏忽了些。

不，其实也称不上疏忽，只是人生每段旅途里，自然而然的趋势，无可指摘。

沈枫明白这个道理，也没有再多追问。

他捏了捏鼻梁，声音轻了许多："我知道了，打扰。"说完，便打算切断电话。

"等等！"丁晴连忙惊呼一声，打断他的动作，急急问道，"秋秋怎么了吗？是出什么事了吗？"

沈枫微微停滞。

良久，他才闷声说："……我找不到她了。"

两人简单约了一下时间，说定下午在殷思秋家这边碰头。

沈枫回车上眯了会儿，将冷掉的早点吃了，匆匆回家洗漱一番。再回到殷思秋家这边时，丁晴已经到了。

两人简单一个照面，没有废话，直切重点。

丁晴："我刚刚一直在给秋秋打电话，但她手机一直是关机状态，消息也不回。她有没有给你介绍过新同学、室友之类的？打电话过去问问？"

沈枫表情紧了紧，抿起唇，摇头："没有。"

这确实也有一点反常。

殷思秋参加了学校半个月军训，沈枫居然没听她说起过任何一件事。无论是训练，还是同学或者新学校。喜欢还是讨厌，吐槽或是其他，她什么都没有说过。

不过，两人都不是什么社交达人，交友面狭窄。沈枫和殷思秋在一起时，本就很少提起其他人。所以，直到此刻，他才后知后觉品出一丝不对劲来。

丁晴见他这副表情，叹了口气，继续道："我也不知道她还有什么其他朋友……她家里也没人？会不会和父母一起出去了？比如去亲戚家短住做客了之类的。"

今天是小长假最后一天，确实有这个可能性。

两人合计了一下，决定再等等，等到晚上，看看殷思秋会不会

回来。

秋日暖阳从明亮到渐渐西斜，在不知不觉中，隐入云层。

时至饭点，老旧小区里炊烟四起，站在单元楼下，都能听到上面传来锅铲碰撞声，还有油烟机"嗡嗡"作响。

沈枫记忆力很好，到现在都还能想起殷思秋母亲的模样。

他站在树干阴影里，目光从每个进出单元楼的住客脸上掠过。

不是。

全都不是。

没有看到殷思秋，也没有看到殷思秋的母亲。

他攥紧了拳头。

等了再等，最终，他还是直起身，沉声开口："我再上去敲门试试看。"

丁晴没意见，跟着沈枫一起上楼。

不出意外，屋子里依旧没有人。

沈枫动作一顿，转过身，直直望向丁晴。

丁晴被他看得一激灵："怎、怎么了？"

"丁晴，能不能拜托你去问问邻居？我敲门问的话……不太好。"

沈枫眼神有些郁郁。

直到这时，他还在为殷思秋考虑。

丁晴自然不会拒绝，转了个向，按了下对门门铃。

"叮咚！"

很快，门铃对讲机传来"沙沙"声音。

"谁啊？"

丁晴语气很礼貌，开口道："您好，不好意思打扰您，我是对门那个女孩子的同学，有急事找她，但是联系不上她了。请问您知道他们家大概什么时候会有人回来吗？"

邻居没说话。

几秒后，里面那道房门被拉开。一个五十岁左右的阿姨站在里面，隔着外面一道铁门，狐疑地看着丁晴。

她问："你们是殷家小姑娘的同学？"

许是因为沈枫长相过人，阿姨的视线明显在他身上多停留了一会儿。

丁晴点头："对，我叫丁晴，他叫沈枫。我们和殷思秋都是海城实验中学的同班同学。"

那阿姨听她说出了殷思秋的名字，总算放下了一些戒心："你们是她同学啊？殷家小姑娘好像生病了，这阵子都在住院。他们家平时没人的，爸妈都去陪床了，偶尔才会回来休息，说不好具体什么时候的。你们有什么事？"

"住院？！"

丁晴和沈枫面面相觑，表情都怔住了。

阿姨："她没跟你们讲吗？我听她妈妈说哦，大学报到都没去呢……啧啧啧，小姑娘太可怜了，成绩这么好，好像是考上了财大是吧？也不知道是什么毛病……唉。"

"请问……"

到此时，沈枫终于开口，但声音十分干涩，听着有些嘶哑，不复往日悦耳。

他客气礼貌地问道："阿姨，您知道殷思秋在哪家医院吗？"

二十分钟后，两人行色匆匆地大步走进仁济医院住院部。

住院楼底下有问询台，但这个点，虽然探视时间还没有结束，但问询台的护士已经下班。

他们不知道具体病房号，只能分头一楼一楼、一间一间地找过去，将每个科室的住院病房全部看一遍。

最终，还是丁晴率先看到殷思秋的名字挂在某间病房外。

她走进去，站在几步之外，似乎有些不敢确信，病床上那个消瘦憔悴的人，竟然是和自己玩了三年的好友。

反复确认好几眼，丁晴大惊失色，难以置信地喊了一声："……秋秋？"

入夜。

殷思秋又开始骨痛。

身上两百零六块骨头，像是被打散了一般，每一块都有了出走念头。

痛觉从神经、血液、四肢百骸涌到中枢。发作起来时，真叫人生不如死，意志力尽数消亡，恨不得从窗口跳下去，一了百了。

止痛药剂量已经加到最高，身体产生了抗药性，再难起效。

殷思秋怎么都没有想到，自己会在这种时刻看到丁晴。

"……秋秋？"

听到熟悉声音，殷思秋侧过脸，继而，结结实实地愣住了。

"晴、晴晴，你、你怎么会在这里……"她声音磕磕巴巴，明显慌乱起来。

丁晴迟疑地往前走了几步，在床尾站定。

那里挂着殷思秋的病历。

她手指动了动，似乎是想伸手拿起来，确认一下。

然而，丁晴尚禾来得及凑近，殷思秋倏地喊了一声："丁晴！不要看！"

丁晴的动作猛然顿住，当即"唰"一下抬起眼。

两人一个站一个半躺，却也顺利对上视线。

此刻，殷思秋像是刚被从水里捞起来一样，整个人都是汗津津的，额上挂着汗珠，脸色苍白，下唇也已经被自己咬破，明显是刚刚经历过痛苦折磨。

事实上，丁晴压根儿不需要看病历，心里基本已经有数。

这一层楼是肿瘤科的病房。

她只是不愿相信："……为什么不给我发消息？"

殷思秋垂下眼，紧紧抿住唇，一言不发，但胸口却在剧烈起伏着，明显情绪有些不稳定。

下一秒，第二波骨痛卷土重来。

殷思秋一下子蹙起眉，手指攥住床单，不让自己呜咽出声。

丁晴没等到答案，又茫然地喊了一声："秋秋，你……"

话音未落，病房门口响起声音，打断了两人："秋秋，你同学来看你了。"

殷思秋迷迷蒙蒙地随着丁晴一起望过去。

这会儿，病房里三个病人都没有拉起床帘，视线角度一览无遗，能清晰看到病房门口位置。

——那里站了两个熟悉身影。

殷思秋的瞳孔骤然放大。

殷母刚刚去外面洗毛巾，恰好在电梯口遇上了一个高个子男生。

那男生从电梯走出来，一眼便将她认出来。

"殷思秋妈妈？阿姨，您好，我是殷思秋的同学，过来看看她。"

殷母心里记挂着女儿，怕她一个人痛得难受，有些心神不宁，也没有仔细看对方模样，只匆匆觑了沈枫几眼，便将他带到了病房。

这男生就是沈枫。

此刻，他正站在殷母身后，定定地看向这个方向。

一时间，殷思秋被丁晴和沈枫的突然出现惊呆了。

反应过来之后，殷思秋有些崩溃。

为什么要来呢？

为什么要发现这些不美好……为什么不能……

就算……至少也不该在这个时候。

不该让他们看到自己这么不堪的样子。

殷思秋眼眶开始发烫，重重扭过头，轻声开口："妈，麻烦你送一下我这两个同学好不好？我累了，今天实在不想说话。"

"……"

好痛。

身体也痛。

心脏也痛。

这一刻，她觉得自己就像是琼瑶剧里的女主角，痛得快要死掉。

逐客令当然得生效。

毕竟，病人最大。

殷母替殷思秋擦了擦汗，掖好被子，再将丁晴和沈枫送出病房。

行至走廊那端，她才勉强开口客套了一下："不好意思啊，两位同学，这么晚还特地过来看秋秋。她骨头痛的时候，脾气会有点不好。她以前不这样的，你们不要生她的气。"

走了这么一会儿工夫，丁晴眼圈已经红了。

听到殷母说这话，她立刻侧过脸，试图将眼泪掩饰掉，不想被看到。

殷母叹了口气，从口袋里摸出餐巾纸，拿给丁晴，嘴里还在一直重复："谢谢你们来看她，真的谢谢……"

丁晴收下餐巾纸，干脆直接侧过身去，低低抽噎。

旁边，沈枫忍不住问道："阿姨，请问殷思秋的病是什么时候查出来的？"

殷母："八月份。"

两个月过去，对殷思秋、对这个家庭来说，每一天都感觉度日如年。再回想起当时第一次去医院的场景，竟然有点恍若隔世之感。

沈枫握紧了拳头，表情却依旧还是平静。

他又问道："不好意思阿姨，我想再请问一下，医生具体是怎么说的呢？现在是在准备手术吗？"

这下，殷母总算抬起头，仔仔细细地打量了一番这个高个少年。

或许是沈枫的模样实在过于出类拔萃，她皱着眉，稍作思索了一会儿，竟然回忆起了一些细节。

"你是……上次那个来我家借雨衣的男生？"顿了一下，殷母张了张嘴，声音诧异几分，"……你就是秋秋的男朋友？"

沈枫也是一愣。

很快，他反应过来，从善如流地点头。

"是，阿姨您好，我叫沈枫，很抱歉这么晚才来。"

殷母有些讪讪的，心情十分复杂。

说实话，这种场面，很显然，与她想象中第一次见女儿男朋友的场景，定然是天差地别。

然而，殷思秋还在病房里，连寒暄都显得苍白。

殷母叹了口气，点点头："沈同学，你好。不好意思，我们也没法招待你……那个，殷思秋的爸爸马上到了，让他请你们去吃个饭好不好？不然阿姨也觉得有点不好意思。"

只不过，谁也没心思吃饭。

沈枫很执着，非要问出点详情来。

殷母没有殷思秋想那么多，见两人都找来了，以为殷思秋肯定是给他们通过气了，也不瞒他们。

"你俩都是殷思秋最好的朋友，阿姨也不骗你们。殷思秋之前已经做过一次手术了，但效果不是特别好。医生说青少年骨癌的发病速度太快，人为干预癌细胞扩散的能力有限。秋秋她……本身身体素质也不太好，后面只能再试试其他治疗手段。"

当然，医生也明确说过，像殷思秋这种情况，属于个例。骨癌治愈率虽然不高，但这么早检查出来并加以治疗，一般不会恶化得像她这么快，只能说每个人情况不同。

对于生命的力量来说，人类的个体意志显得无比渺小。

除了努力，好像也没有什么其他办法。

"……总之，有你们的关心，我相信秋秋一定可以渡过这个难关的。"

次日清早，医生查房结束后，沈枫人已经站在殷思秋的病房门外。

一整晚，他几乎没有合过眼。

似乎已经没有必要纠结殷思秋提分手的原因了。

这件事，早就被赤裸裸的现实冲垮在悲伤横流中。

沈枫几乎能想象到，这几个月，殷思秋每天都在受何种折磨，又是以什么样的心情将他远远推开。

可是，她却没有问过他的想法。

天色将明时分，沈枫心中平白生出了一丝怨怼之情。

他恨殷思秋连知情权都不愿意给他，也恨她竟然狠心将自己撇开，更恨自己无能为力。

或许，所有人都是这样。

最终都会抛下他。

无论是父母，还是殷思秋。

他们都不要他。

他会给他们带来灾难。

他才是不该出现在这个世界上的人。

沈枫像是一头愤怒的困兽，找不到出口宣泄。

但当第一抹阳光照亮这个秋日时，他又倏地清醒过来，立刻收拾好自己出发，重新回到医院。

今天，殷思秋体温正常，精神也不错，却还是得要挂很多瓶点滴。

这已经成为一种日常，让所有人逐渐习以为常。

她躺在床上，静静地望着窗外。

这才没过几天，海城第一轮寒潮来袭。

梧桐树叶已经开始落了。

今年好早。

她在心里叹了口气，收回视线。

下一秒。

251

"殷思秋。"

殷思秋心头一跳，抬起眼。

果然是沈枫。

他脚步很轻，丝毫没有引起旁人注意，人已经来到病床边。

少年身形颀长消瘦，五官却十分精致，只穿简单的卫衣和黑色牛仔裤，都能显露出非凡气质。袖子微微往上撸了一小截，露出手腕上的小叶紫檀手钏，微妙地透出一丝禅意来。

昨晚，殷思秋就猜到会有这样一幕。

她了解沈枫，正如沈枫了解她一样。

殷思秋抿了抿唇，声音很轻："沈枫，我不是因为怕你难过才提出的分手，是我觉得累了。真的。"

至少，要再挣扎一下。

沈枫从旁边拉了把椅子，坐下来，点点头，表情看起来十分平静："我知道。"

"……"

"是我不能答应分手，和同情也没有关系。"

归根结底，是他不能离开殷思秋。

殷思秋攥紧了手指，呆呆地看向天花板："可是，不分手，我俩都会很痛苦，不是吗？"

沈枫不解："为什么痛苦？"

"……"

"殷思秋，你不会是觉得自己要死了吧，所以想干脆分手，义无反顾地离开。你怎么会有这种想法？是不是电视剧看多了？你难道不知道，癌症病人的平均存活时间是二十年吗？后面二十年，你打算从此一个人独来独往？再也不谈恋爱，不交朋友吗？否则，岂

252

不是每次恋爱，和人相处，都会觉得痛苦？"

这还是沈枫难得地咄咄逼人说了那么一连串长句子。

殷思秋愣了愣。

她不由自主地转过视线，把目光落到沈枫脸上，似乎想看看他是不是在说什么安慰之词。

二十年……吗？

她从来没有听说过。

可是，那可是沈枫说的呀。

他那么聪明，看过那么多书，肯定知道更多。

而且，沈枫从来不会骗她。

沈枫抬起手，指尖轻轻触过殷思秋的脸庞。

"所以，"他继续慢条斯理地说，"暂时，我们还能纠缠一下。咱俩又都是初恋，是不是不该收尾得太快比较好？"

如果，如果佛祖真的能听到他的祈求。

那么，他和殷思秋的一辈子，不该这么短暂。

他不会放弃。

沈枫一番"巧言令色"，终于成功留在殷思秋的病房中。

只不过，殷思秋不肯让他请假，他不得不每天开车奔波于医院和 F 大之间。

幸好，只是大一第一学期，课程还不是那么紧张。

沈枫足够聪明，应付这些没有问题，能抽出许多时间来陪伴殷思秋。

殷父殷母见女儿高兴，自然也没有意见。

病房里有这么个赏心悦目的男生常常出现，隔壁两张病床的大爷大妈也跟着高兴起来，没事就向殷思秋打听，例如"这是你男朋友吗""你们谈了多久啦""什么学校的啊"之类问题，间或还要夸奖几句"真俊啊""模样老嗲咧"。

周末，丁晴也会抽空过来。

两个小姑娘凑在一起漫天胡地地闲聊，沈枫坐在一旁，削点水果给她们，偶尔才插几句。

就像回到了高中时期。

因此，殷思秋每天都心情很好，积极配合治疗，再痛的针也不吭气，手背上被滞留针打得青紫一片也不觉得委屈。

她在奢望自己未来的二十年。

奢望和最喜欢的沈枫能一直在一起，久一点，再久一点。

偏偏，就算这样努力了，殷思秋还是一天比一天更消瘦，像是正被魔鬼吸取着生命。

十二月。

农历节气里的小雪。

窗外，梧桐叶终于掉光，剩下光秃秃一片枝干。

殷思秋打开前置相机，看了一眼，没忍住，自嘲地低低笑了起来。

不知道是不是镜头有扭曲效果，这样看起来，她已经形如枯槁，大概能直接去本色出演鬼片。

或许，美梦终究只是梦。

一切都会落空。

晚上七点。

沈枫冲进医院。

殷思秋刚好从急救室被推出来。

麻药还没有消退。她安安静静地闭着眼，躺在雪白床单上，脆弱得像是落叶一般。

"殷思秋！"

听到声音，殷思秋的眼皮微微动了一下。

沈枫看着她，想去握紧她，却竟然有种无处落手的感觉。仿佛只要轻轻一碰，无论是任何一个地方，都能将她碰碎。

这晚注定是个不眠夜。

没有一个人睡得着。

殷母已经哭到了好多次，被殷父搀扶着去了隔壁吃东西，留下沈枫在病房里陪一会儿。

至凌晨时分，殷思秋终于从麻药中缓缓醒来。

第一眼看到的是，沈枫通红的眼睛。

这还是她第一次看到沈枫露出这种表情。

殷思秋精神头不错，伸出那只没有挂吊针的手，轻轻碰了碰他膝盖，又轻笑了一声，哑着嗓子喊他："沈枫。"

"嗯，我在这里。"

殷思秋拉住他手指，语调十分轻松："你知不知道一件事……"

沈枫："什么事？"

"人死之前，最后消失的是听觉。"

"殷思秋，不许你胡说八道。"闻言，沈枫眼睛更红了，简直像兔子一样。

殷思秋又抬手，摸了摸他俊朗的脸颊，兴致勃勃地提议："所以，如果到了最后，你也不能哭，要笑着说爱我。好不好？"

"……"

"因为，殷思秋最喜欢沈枫了。"

从十四岁到十八岁。

漫长的四年。

她永不言弃的喜欢。

我们的故事就像一部烂俗的小说，却没有走向王子公主幸福生活在一起的终点，只留下烂尾的结局。

"……或者，到时候你就给我唱个歌吧。我还没有听过你唱歌呢。唱你喜欢的周杰伦的歌，沈枫，你说好不好？"

03

不知不觉中，海城的气温降到了个位数。

按照地域认知，便算是正式入冬。

秋天悄然离去。

殷思秋却永远留在了这个十八岁的秋天。

任凭沈枫唱一万遍周杰伦的歌或是说一万遍爱她，她也不会再睁开眼睛笑了。

殷父殷母白发人送黑发人，几乎称得上悲痛欲绝，却又不得不打起精神为女儿操办后事。

沈枫旷了一周课，一个人闷在家里，直到葬礼那天，才静静出现。

他没有勇气去看那个姑娘最后一眼——他的小姑娘，永远离开他了，再也不会回来了。

和他的父母一样，永远不回来了。

这一切，都好像是在做梦。

在场，每个人都在哭。只有沈枫，仿佛已经失去了流泪的能力，面无表情，一滴眼泪都没有掉。

葬礼结束，他一言不发地独自离去。

时间转至元旦后。

殷父给沈枫打了一通电话。

"沈枫，我们马上要搬家了，在整理秋秋的东西……她有个箱子，你要不要过来看看？如果你想要的话，可以给你……唉。"

沈枫接到电话，立刻赶到殷思秋家。

还是那个老旧小区。

还是那栋单元楼。

殷家那套在郊区的房子，十一月初就折价卖出去了。但最终，钱还剩了一部分没用完，人已经离开。

殷父殷母没有办法继续再住在女儿住过的出租房里，打算换个地方。

沈枫站在楼下，往那扇熟悉窗户望了望。

脚步停滞许久，而后，他才慢吞吞地上了楼。

殷母不在家，是殷父给他开的门。

"来了啊。在房间里，你去看看吧。"他给沈枫指了个方向。

这会儿，客厅里已经堆了大大小小不少打包纸盒，看着有些杂乱。

沈枫穿过这些杂物，走到殷思秋的卧室门口。

这是他第一次来。

或许，也是最后一次。

沈枫垂下眼，扭开门把，大步走进去。

卧室空空荡荡，其他东西都被殷父殷母收起来了，只剩下一个小纸箱，放在床垫上。

如同潘多拉的魔盒，正在等待着谁去打开它。

倏忽间，沈枫竟然觉得有些害怕。

他不由自主地握了握拳头，深吸一口气，往前一步，再一步。

纸箱上面没有粘胶带，开口大刺刺地敞着。

沈枫伸手，将里面的东西一样一样拿出来。

有那副被退还的耳机，有两张便笺，有一个桌球里的黑球，有一串小叶紫檀的手钏，有那台摔坏的拍立得和一沓相片……

里面还有很多很多小东西。

都是与他有关的东西。

看起来，它们像是什么珍贵宝贝，被主人妥帖地保存好，收藏在一起。

沈枫指尖微顿，一点一点地翻到纸箱最下面。

里面还有一张字条。

上头是殷思秋的字迹。

内容是写给他的。

沈枫，我这短短一生，因为你，已经非常非常幸福了。能和你在一起，哪怕只有一天，我都觉得人生值得。

你就是我的世界里，那一季喜出望外的秋天。

希望你这辈子也能和我一样开心，无论在哪儿，无论和谁。

下段旅程，你一定要更加幸福。

薄薄一张纸，躺在沈枫指间，宛如有千斤重。

沈枫盯着那几行字看了很久很久，看到最后，嘴角缓缓牵起来。

这小姑娘。

真是……

一滴眼泪砸在纸面上。

直到此刻，沈枫才猛然意识到，什么叫笑着哭最痛。

二十分钟后，沈枫平静地走出殷思秋的卧室。

同殷父郑重地道谢，他带走了这个纸箱，又悄悄地在玄关柜上留下了一张没有密码的银行卡。

外头，阳光正好，些微驱散了寒冬的凛然冷意。

沈枫站在空地上，怔怔地望着天空。

下一个秋天，还有好久好久啊。

殷思秋会等不及吗？

……

是秋。

白术镇仿佛仍未脱出夏季。

但熟悉这儿气候的当地人都知道，用不了太久，这里马上会被严寒和落雪侵袭，变成一片纯白。

"今天你还要去那家小卖部吗？"

"去啊。"

"可是，那个老板再帅，性格看起来也太冷淡了吧……而且人

家这个年纪，怎么都该已经结婚了。我听我妈说，他虽然是外乡来的，但白术好像是他什么人的老家。我妈说他都三十几岁了，猜猜也知道白术肯定是他老婆的老家啊，要不然怎么会过来吗？你看看就算了，可别越陷越深啊！"

"啊呀，你胡说什么呢！我只是去买饮料而已啦！"

"哪有你这种买瓶饮料还特地绕三条街，跑到这儿来买的啊！啧！"

"……"

三个女生看起来不过高中生模样，一派青春无邪。

丁晴忍不住轻轻笑了笑，慢吞吞地跟在她们身后几步之外。

毕竟，目的地是一致的。

不过两三分钟，几人一同转进了一家小卖部。

这几年，白术镇开发成了新兴旅游城市，整个镇子的老楼全部做了翻新加固，连带白术学校对面这一排小店，也全部装修过。

这家店说是小卖部，似乎不大合适。它的大小比普通罗森便利店还要大一号，占了将近三个门面大。一走进去，似乎立马会被一排一排琳琅满目的零食架吸引。种类齐全，排布整齐，像是个零食市场。

那三个小女生在货架中穿梭，挑挑选选了好一阵。

其中，窃窃私语占了一半时间，目光还齐齐往收银柜那边瞟。

好半天，她们总算心满意足，各自拿了一瓶饮料和几包巧克力，并肩去前面付钱。

现在这年头，超市、商店几乎全换成了自助结账。前头竖个电子屏，自己扫条形码买单即可。

三个小女生买单时又拖拖拉拉好一阵，依旧没能让收银柜后面那个男人走出来，只得作罢，郁郁离去。

待她们离开后，丁晴往前一步，手上却没有拿任何商品，只笑着遥遥喊了句："沈枫同学。"

"……"

片刻，一张熟悉又陌生的脸，缓缓出现在丁晴面前。

沈枫将椅子往外挪了点，见到丁晴，这才合上书，面无表情地站起身，朝她点点头。

"好久不见。"

丁晴挑了挑眉。

确实许久没有见面了。

大家都要忙工作、忙家庭、忙孩子，忙于各自生活，好像就很难抽出时间会会旧友。

但丁晴却没少听到沈枫的名字。

这几年，沈枫参与研究开发了某种抗癌特效止痛药，从研发期到上临床，最终成功通过上市，数年内，一直广受业内关注。

丁晴的丈夫就是做制药的，知道丁晴和沈枫是高中同学后，经常在家提起他的事迹，还多次说想要拜托她牵线、请沈枫吃饭。

可见，有些人注定便是要发光的。

不过，就丁晴这般看来，沈枫倒是没有多大改变——依旧淡漠，依旧对人爱搭不理，也依旧英俊。眉眼间，还能看到曾经那个风华绝代的少年的影子。

许是经过了时间沉淀，越发显出一些清冷感，仿佛马上就要超脱于世一样。

怪不得能吸引刚刚那几个女生。

丁晴没有继续胡思乱想，用了个老套开场白，笑问："最近还好吗？"

沈枫淡然地看向她，"嗯"一声，算作应答。

丁晴："老同学一场，我也不同你客套。这次过来，是和我老公公司合作的研究所想找你，他们希望能聘请你，所以找了我帮忙搭桥。正好我女儿想旅游，就带她过来了一趟。如果你有意向的话，我就把你的联系方式给他们。"

她也知道，前面铺垫再多、说再多废话，什么客套寒暄，对沈枫而言，都没有作用，还不如直接点。

他从来就是那样一个人，不在意的人和事，压根儿不会放在眼里。

很多年前，丁晴就已经见识过了。

果然不出所料，听完她的话，沈枫靠到椅背上，重新将书拿起来，干脆利落地拒绝："没有意向。"

丁晴定定地盯着沈枫看了会儿。

良久，她幽幽地叹了口气："你打算一直待在这里了吗？"

"……"

"抱歉，我没有冒犯的意思。"

别人的人生，本就无须她置喙。

只不过，只不过……

丁晴："她会愿意看到这个结果吗？"

"嗒！"

清脆一声响。

是硬质书皮敲在桌上的声音。

沈枫抬起眼，鸦羽似的长睫毛，底下压着墨一般沉的眼神。

他说："你要买什么？"

丁晴无言以对。

事情不会有转机，似乎也是意料之中的事情。

她往后退了小半步，视线在糖果那一片货架上转了一圈。

架子上，整整齐齐码了一排曼妥思糖卷。青柠檬味、草莓味、薄荷味、可乐味……各种颜色都有，唯独少了紫色的葡萄味。

丁晴的指尖在包装纸上流连数秒，忍不住问："为什么没有葡萄口味的？"

"非卖品。"

沈枫垂下眸子。

丁晴："……已经过去十几年了，你还没能走出来吗？"

话音未落，沈枫轻轻嗤笑一声。

"从来没有走进去，谈什么走出来？"

这一刻，丁晴可以确定，沈枫不会再同她说什么了。或者说，刚刚他还愿意应付她几句，只不过因为她曾经是殷思秋最好的朋友罢了。

但她也不会再游说什么。

孤独的人心里都有一片沼泽，旁人踏足不得。

丁晴默不作声地转身离去。

霎时间，小卖部重新陷入寂静。

放学时间已过，后面除了游客路过，大抵不会再有客人。

沈枫放下书，站起身，去锁了大门。

偌大一片空间，唯他一人。

这种孤独，从十三岁起，沈枫早就已经习以为常。

或许曾经有那么短暂地、暂时地摆脱过，但那一份慰藉与陪伴，

到底还是没能在身边停留太久。

对于沈枫来说，殷思秋就像是一颗流星，划过夜空，给他带来了爱和希望，叫他不再沉溺于无边黑暗之中。

然后，她便就此消逝在这个宇宙。

此后再多流星，或许一样璀璨，一样美丽，一样耀眼，但都不是她。

无人及她。

沈枫只想要那一个殷思秋。

他的芸芸众生，从来就只有她一个。

可是，她再也不会回来了。

沈枫从旁边拿起手机，调出微信界面，再打开置顶那个对话框。

在很多很多年之前，殷思秋曾经给他念过一条微博。

那条微博说，在量子力学的领域，如果对方足够想念自己，那么她就可以抵达自己的梦境。

沈枫每晚都会梦见殷思秋。

按照这个说法，其实她也在想念他，对吗？

沈枫不自觉地牵了牵嘴角。

他的指尖微微停顿。

而后，他流畅地打出一句话，发送给了这个永远不会回复的账号。

沈枫：【殷思秋，今年秋天，你想我了吗？】

正文完

番外一 你好吗

「也许在不同的时空，还牵着你的手。」

——《你好吗》周杰伦

趁着寒假，班长周家奇动员了一番，决定要组织一场A班同学会。时间定在大年初五。

沈枫收到周家奇的微信后，侧过脸，看向殷思秋："周家奇说要搞班级聚会。你想去吗？"

殷思秋正在追剧，闻言，眼神都来不及给他一个，随口应道："丁晴已经跟我讲过了呀。去吧，她说她想去。反正寒假也没什么事情。"

她尚在实习期。公司事情不多，毕业论文也写得差不多了，确

265

实比许多大四毕业生要悠闲不少。

沈枫点点头，在微信里回了个"好"。

顿了顿，他把手机放到旁边，眼神闪烁了一下，明显欲言又止，沉声喊她："……殷思秋。"

"嗯？"

"你发现没有，从寒假开始，你就一直沉迷在这些电视剧里。"他的语气竟然有点委屈。

殷思秋"啊"了一声，立马拿起遥控器，将剧集暂停，这才扭过头来，视线落到沈枫身上。

四目相触。

下一秒，殷思秋没忍住，轻轻笑了起来，嘴角跟着抿出一对圆圆的酒窝。

她慢声细语地开口："怎么了啊，我不是一直在陪着你吗？"

沈枫念的是八年制的医科专业，本硕博连读。其他专业大四就是最后一年，对他们来说，大学生涯才勉强过去一半。

虽说沈枫这个专业暂时还不用上临床，但科研任务很繁重，经常要泡在实验室，并不比毕业生轻松多少。

相比之下，殷思秋肯定要闲一些。

所以，她抽空就会去找沈枫，每个周末也会准时准点到沈枫家别墅去，照顾"可爱"。

四年大学生涯里，两人几乎是一有空就待在一起，形影不离。

而沈枫变得日渐黏人。

甚至，他之前还向殷思秋提议过要不要考研考到 F 大来，这样两人还能当个几年校友，同进同出。

他完全无法控制自己，似乎潜意识里觉得一切来之不易，必须牢牢抓紧才行。

幸好，殷思秋还有点主见，没采纳这个提议。

"……沈枫，你最近真的越来越奇怪了哎，到底怎么了吗？"

她看着他，目光澄澈镇定，仿佛能穿透身体望进灵魂深处去，撕破一切拙劣伪装。

沈枫懊恼地抓了把头发，眼神明显有些晦暗。

正值此时，"可爱"午睡结束，从楼上"噔噔噔"跑下来，扑到沙发边，冲着两人摇头甩尾。

打破沉凝气氛。

沈枫垂下眼，长臂一捞，将"可爱"抱起来，放到膝盖上。

殷思秋也没再多追问，继续追剧。

静默良久。

沈枫再次低声开口："我是太喜欢你了，殷思秋。"声音轻得宛如幽幽叹息。

明明电视机声音很响，剧中人的台词也是一句接着一句。看起来殷思秋看得十分专注，却十分神奇地依旧听清了沈枫的话。

她微微一顿，自然地将头往沈枫身边靠了靠，接着，人也跟着凑过去，仰起头，主动亲了一下他脸颊。

"我也是啊。"殷思秋小声说。

今年海城是个暖冬，从入冬起就一直没怎么下雨。

初五这日，阳光也是正好。虽然气温不高，但走出去，身上也会觉得暖融融的。

下午，沈枫开车去接殷思秋，而后两人一同出发，前往约定地点。

按照周家奇的通知，他们这个同学会，先是一起吃一顿晚餐，而后再常规地进行下一摊。

因为是四年来第一回，还邀请了班主任。怕庞老师嫌闹得太晚，晚饭时间就定得早了一些，五点就开始吃。地点则是定在兴蜀府，算是一家融合口味的川菜馆，能照顾到大家不同的口味。恰好里头有个大包厢，能摆三桌，刚好坐得下。

下午四点四十分。

沈枫将车停到商场地下车库，牵着殷思秋，搭电梯上楼。

好巧不巧，电梯到一楼时，丁晴和周家奇也前后走进来。

见到他俩，殷思秋先笑起来，开口招呼："晴晴！好巧啊，你和班长一起来的？"

虽然已经毕业多年，她还是习惯叫周家奇班长，这样听着，也无端显出几分亲昵来。

丁晴二话没说，先上来挽住殷思秋空着的那只手臂，这才嘟了嘟嘴，假意抱怨道："秋秋！咱俩都多久没约饭了！你说说，是不是沈枫老缠着你不放啊？这男朋友真是太黏人了，我看不行。"

殷思秋尚未说话，沈枫先行沉了脸色。

他牵着殷思秋的手，跟着更用力了几分。

周家奇并不知道丁晴和他们俩十分熟悉，一直会随便开玩笑，还当她口不择言惹到了沈枫，连忙岔开话题，试图缓解气氛。

他先和沈枫打了个招呼，再对着殷思秋笑了笑，开口："殷思秋，几年没见，你看起来都没什么变化啊。"

"啊……"

事实上，无论是沈枫还是丁晴，或是身形气质，或是发型打扮，到这会儿大学都快毕业了，总归会和高中时有些微不同。

唯独殷思秋，依旧和十八岁时一模一样，除了比过去稍显开朗爱笑一些，几乎是没有丝毫改变。

尚未等到殷思秋作答，电梯已经悄然抵达目的地楼层。

四个人没有再继续闲聊，前后走出电梯，往兴蜀府而去。

领位侍者带他们踏入包厢。

此刻，包厢里已经有不少同学，班主任庞蔚然也已经到场。

所有人悉数围在"耳旁风"附近说说笑笑，气氛一派热烈。

上高中那会儿，因为庞蔚然为人比较严厉，极少和人说笑，对他们要求也严格，班上同学都对她又怕又敬，私下也给她取了"耳旁风"这种昵称。但长大之后，回过头来再想想，大部分人都会觉得自己那时候太幼稚了，反倒容易对老师生出几分怀念与感激。

毕竟，在庞蔚然的严厉要求下，沈枫他们这届化学 A 班的高考成绩不可谓是不亮眼。班上几乎所有同学都进入了理想院校不说，其中不乏几大 TOP 院校的，算得上对高中三年交出了漂亮的成绩单。

只不过，就算是如此，在沈枫走进包厢那一瞬，庞蔚然还是立刻回想起了他的名字。

她有些诧异，笑道："沈枫也来了？"

顿时，所有目光汇聚到一处。

殷思秋站在沈枫旁边，有点不适应地想往后退半步。

未果。

沈枫牢牢抓着她，朝着庞蔚然点点头，平静地打招呼："庞老师，好久不见。"

旁边，殷思秋和丁晴也各自喊了一声"老师好"。

庞蔚然倒是不见往日严厉，笑呵呵的，点头："你俩在一块儿了？挺好啊……"

打过招呼，沈枫拉着殷思秋坐去了另一桌角落。

丁晴自然也跟殷思秋他们坐一起。

先给自己倒了杯水，丁晴才凑到殷思秋的耳边，同她小声咬耳朵："殷思秋，你知道为什么刚刚庞老师特地喊沈枫吗？"

殷思秋不明所以，摇摇头。

丁晴："我也是刚刚碰到周家奇，听他说的。咱们高考的时候，学校对各个班的班主任有奖金奖励，按照每个班上清北的人数给钱。沈枫本来是稳上清北的，但他不是没报吗？红榜上少个人头，估计害庞老师损失了一笔奖金，所以一直记着他呢。哈哈哈……"

还有这回事？

殷思秋扬了扬眉，略有些诧异。

丁晴又补充道："当然，可能也是他哑了多年，比较具有传奇色彩。你瞧着吧，今儿这个同学会，你家沈枫肯定要成为话题中心了。"

殷思秋不谙世事，丁晴却不然。

虽然上学时丁晴和殷思秋形影不离，但她在班上同学间也能玩得开，各种小道消息俱全。

早在高二刚分科时，他们化学班就有好几个女生偷偷喜欢沈枫。只是因为他没法说话，平时像个隐形人一样，让人找不到突破口靠近。

现在时过境迁，沈枫也变得正常了，又是同学会这种特殊场合，难免要被似是而非地调侃几句。

闻言，殷思秋点点头，表情看起来却不是很在意。

她对丁晴轻声道："没关系，他不会生气的。"

丁晴："那可不是，除了对你，沈枫能对什么事生气啊。沈枫可不就是个超然世间的神仙嘛，我早就看穿他的真身了。"

殷思秋没忍住，"扑哧"一笑。

下午五点出头。

三张圆桌差不多坐满了人，包厢里也变得嘈杂起来。

周家奇站起来数了数人数，让服务生开始上菜。

饮料都已经提前放在桌上了。

沈枫拿过可乐，给殷思秋倒了一杯，放到她面前，又慢条斯理地问道："在想什么？"

从几分钟前开始，她就一直有点走神。

殷思秋一愣，回过神来，抬脸看向沈枫，喊他："……沈枫。"

"嗯？"

"我刚刚突然在想，高三报志愿的时候，你到底是为什么没有报清北呢？清北都有医学院，还对口协和。"

并不是说 F 大医学院不好，只是清北在国内高校中，更加名声在外一些。

沈枫的成绩，明明能进清北。况且，当时他早就父母双亡，孤身一人，其实并不存在一定要留在海市的理由。他就算打定主意学医，自然也可以选择清北的医学院。

两人对上视线。

停顿数秒，沈枫率先垂下眼。

这时，桌上已经放了几碟凉菜。

271

他面无表情地拿起筷子，夹了一片蒜泥白肉，放到殷思秋面前的碗中。

殷思秋啼笑皆非："你不要故意转移话题我跟你说……"

"因为你。"沈枫沉声打断她。

"啊？"

他一字一顿地认真作答："因为你去不了北城，不是吗？"

"……"

殷思秋似乎是因为得到了满意答案，心情骤然变得非常好，眼里也一直带着笑意。

一顿饭闹了几个小时。

到最后，也没有人再动筷子，都在喝啤酒、聊天。

包间里一片吵嚷。

殷思秋素来不喜欢喝酒，坐了会儿，被丁晴拉去外面商场买奶茶，留下沈枫一个人。

霎时间，他仿佛被巨大空虚慌乱淹没，整个人都有种茫然无措的感觉。

沈枫不知道自己为什么会这样。

这完全不像他。

不，这根本不是他。

怎么会这样？

然而，没过多久，周家奇似乎是发现了他落单，便端着杯子走过来，顺势坐到旁边的空位上，打破了他内心沉思。

"沈枫，刚刚都没来得及好好打招呼……我记得你去了 F 大医学院是吗？"

沈枫"嗯"了一声，顿了顿，又随口反问道："班长你呢？"

周家奇的表情颇有点受宠若惊，似乎很诧异他会关注旁人，沉默好半天，才笑着作答："我不行。玩了几年，没能保研，干脆就打算毕业工作了。"

沈枫："也挺好的。"

"殷思秋呢？我听丁晴说，她也不打算继续读研了。"

"对，她工作已经找好了。"

周家奇："在什么地方？"

"在……"

沈枫的眉头渐渐皱了起来。

殷思秋在哪里工作？

那个公司的名字，他听过一次，明明不该想不起来的……

好在，周家奇见他状态不对劲，并没有继续追问，只调侃道："你俩也算是咱们班唯一一对成了的。我还指望着早点参加你们的婚礼呢。不过你八年制的话……还有四年才毕业吧？有什么计划没有？到时候可得邀请我们啊。"

"会的。"

沈枫牵了牵唇，举起杯子，同周家奇轻轻碰了一下。

这件事，他前几个月就已经打算好，要提上日程。

虽然沈枫二十六岁才毕业，但结婚却不必拖到这么晚。

从现在开始安排，求婚、见家长，再去订婚纱、订酒店、安排酒席。一套流程下来，也得要个一年半载。更别说还要买婚房，盯装修之类。

他想把最好的一切都给殷思秋，自然，什么都要筹备到完美才行。

沈枫垂下眼，慢条斯理地抿了口啤酒，陷入沉吟。

273

晚上九点多，这顿饭总算在笑闹中结束。

周家奇先把庞老师送上出租车，再带领大家前往下一摊，去隔壁银乐迪唱 K。

殷思秋和沈枫跟在人群最后。

或许是因为心情好，殷思秋的脸颊白里透红，一对小酒窝若隐若现，两只手紧紧地抓着沈枫的衣袖。

她想了想，低声问："沈枫，刚刚我们出去的时候，班长和你说什么啦？"

后面，殷思秋和丁晴回到包间时，只看到两人坐在一起。沈枫脸上还有点异样神色，若有所思。

"没什么，就闲聊了几句。"

殷思秋促狭一笑："难道是班上有同学偷偷向你表白了？"

"殷思秋，你少胡思乱想。"

"没有胡思乱想啊，这是同学会的保留节目好不好？你没看那些电视剧里，一般都会有这种剧情的啊。"

最近寒假，她补了一大堆剧，说起来也很有心得。

沈枫无语，警告般地捏了捏她耳垂。

转眼，银乐迪的招牌已经近在眼前。

沈枫倏地停下脚步。

殷思秋也被他带得一顿，不明所以地扭过头："怎么了？"

踟蹰半秒，沈枫沉声开口："你先进去，我去买点东西。"

"买什么？我陪你一起好啦。"

"没关系，你先进去。刚刚就说走不动了，现在又有力气陪我了？"

沈枫状似无意地调侃了一声，将殷思秋交给丁晴，转过身，快步往来时路走去。

这家商场离海实不远，离两人家里也算是中间位置，从前就来过许多次。

沈枫记得，一楼有不少大牌专柜。

从刚刚开始，他的心脏就被一种神秘力量摄住。

有件事，似乎必须要完成。

来不及了。

快要等不及了。

不消片刻，沈枫大步迈进卡地亚珠宝专柜。

殷思秋和从前一样并不怎么擅长唱歌，进 KTV 就是凑人头，连气氛组都轮不到她。

独自在角落坐了会儿，她摸出手机。

正值此时，熟悉气息在旁边停住。

殷思秋侧过脸笑起来，明眸皓齿的模样："来了？"

"嗯。"

沈枫坐到她身边，气喘得有点急。

没等殷思秋问，他从口袋里摸出一卷曼妥思，递到她面前。

殷思秋微微一愣："你买糖去了呀？"

"吃不吃？"

"吃！"

场景如同复刻回忆。

小姑娘将包装纸撕开一截，准备推一颗糖出来。

然而，许是手感不对，她整个人僵了僵，有点不敢继续摩挲。

"……是什么？"

沈枫勾了勾唇："你自己看。"

"啪嗒"。

一枚戒圈落到殷思秋的掌心。

沈枫低低一笑，凑到她耳边，用只有两个人能听到的声音，说："早点结婚吧，殷思秋。"

"……"

"对不起，我实在没有耐心了……你愿意吗？"

KTV包厢人声鼎沸，背景音乐是一首多年前的流行歌，能引起全场大合唱。

因为喝了点酒，大家都忍不住闹起来，正一起跟着唱。唯独这个角落，像是超脱于世，独属于两个人。

殷思秋只犹豫了一瞬，便立马将戒圈戴到手指上，对着五颜六色的迷离灯光照了照。

"没钻啊。"她笑道。

"回头补个大的。"

"好呀，我愿意的。沈枫，你知道的，你说什么我都愿意。因为，殷思秋最喜欢沈枫了。"

霎时间，沈枫的心脏被巨大的喜悦淹没。

他正欲说话，但眼前这一幕幕却如同电影画面般，一点一点地褪去色彩。

……

"唰"一下。

沈枫用力睁开眼，坐起身，开始大口喘息。

远方天空露出了鱼肚白。

原来，是梦啊。

殷思秋哪来的二一二岁呢。

他又哪来的机会能向殷思秋求婚呢。

原来，一切喜悦、急切、迫不及待，都只是幻梦一场。

怪不得。

怪不得殷思秋没有任何变化。

因为，她永远年轻漂亮，不会老去。

她永远只能活在沈枫的梦里。

沈枫翻身下床，去厨房倒了杯水。

今天是个晴天。

或许，殷思秋正在想念他。

沈枫握紧了杯子，朝着虚空中轻轻笑了笑。

"殷思秋，早安。"

番外二 ❀ 我很好

　　"可爱"老死那日，沈枫枯坐了一整夜。

　　它只是一条普通的狗，寿命有限，不过十数年，对于人这一辈子来说，到底还是显得短暂。

　　它也无法陪伴沈枫太久太久。

　　天明之后，沈枫联系了宠物殡葬公司，将后续事宜交给他们。

　　这年头，只要有钱，好像没有什么事情是无法解决的。

俗话不也说嘛，有钱能使鬼推磨。

但是没有人比沈枫更清楚，这句话是多么大的一个谎言。

如果真能用钱买来一切，早在十几年前，他就能留下殷思秋了。

可是，并不能。

殷思秋离开他，已经有整整十三年了。

沈枫现阶段的工作只剩一个收尾工作，前面还有流程没走完，也并不十分紧急。

他申请了假期，独自出发，驱车前往西北地区散心。

一路上，气候诡变。

由于海拔高、山路崎岖，开车难度不比在城市，将行程时间大大拉长。

且因为要途经大片无人区，天地苍茫，万分孤寂，叫人心情都不自觉低落下来。

抵达目的地时，倒是难得的一个好天气。

沈枫将车停在路边，抬步下车，跟着其他游客一同往山上走。

虽然只是深秋，还未入冬，但这里的雪山终年不化，一路望过去，皆是一片白色与黑色交融。

白色的是山顶的雪，黑色的是石，颜色对比强烈，却又微妙和谐。

人在天地间，显得无限渺小。

殷思秋曾经看过关于此处的旅游宣传片，十分有兴趣。

"沈枫，我们以后去这里玩啊？不过好像自驾游比较方便，你得先多开几年车，要不然不安全……或者，要不我也赶紧去学吧？到时候还能换着开。"

她笑吟吟地看着沈枫。

但事实上，他似乎已经忘记，这究竟是真实发生过的，还是只是他梦中幻想出来的场景。

时间已经过去太久了。

这坏姑娘，总是不来他的梦里。

景点开发得还不算成熟。

路边没有建筑，只有一些当地人搭了棚在叫卖。

沈枫脚步一顿，停下，去买了五色经幡。

他将经幡拿在手中，又往前走了一段，找到当地人的挂杆，将经幡小心翼翼地系了上去。

他们都说，经幡在，神明在。

风每吹动经幡一次，就是诵经一次，也是向神明祈求一次。

沈枫没有什么祈求，唯一的愿望便是希望殷思秋岁岁平安。

但此生愿望难实现。

那，他便向神明祈求下辈子。

沈枫这一生，天资卓越，却在少时失怙失恃，孤身一人长大。

而后，刚刚成年，又痛失所爱。

他仿佛走不出这个名为"死亡"的牢笼。

如果……

如果真的有来生。

"殷思秋，下辈子，我们一起长大。你要记得等等我。

"能听到吗？"

春去秋来。

青春年华终将老去。

四十岁那年，沈枫关掉了白术镇那家店，很快将店面盘出去。

虽然天资优越，他身材还是颀长挺拔，五官也没有走样，看起来风姿卓绝，但从细枝末节处，却依稀能看出岁月的痕迹。

他依旧是一个人。

没有亲人，没有爱人，也没有朋友。

开店这几年，周围不是没有人试图与他搭讪，或是热心的当地阿姨，或是红着脸的小姑娘，或是一些好奇心旺盛的邻里，但都只是匆匆过客，再没有人能走进他的世界。

关店之后，沈枫收拾行李，换掉电话号码，从此消失于人海。

……

"妈，你要去哪里啊？"丁晴的女儿回到家，就见到自己妈妈正在收拾行李，行色匆匆的模样，忍不住问了一句。

丁晴动作未停，低声答道："去祭拜一个同学。"

"祭拜？他已经死了吗？"

"嗯。"

"妈你别太难过……"

闻言，丁晴笑了笑："我不难过。"

"啊？你们以前关系不好吗？"

"不是，还可以。他是妈妈最好的朋友的男朋友。但是，他现在应该觉得很好。因为，他已经见到最想见到的那个人了，所以我也没什么好难过的。"

番外完

本书由木甜委托长沙大鱼文化传媒有限公司正式授权四川文艺出版社，在中国大陆地区独家出版中文简体版本。未经书面同意，本书的任何部分不得以图表、电子、影印、缩拍、录音和其他手段进行复制和转载，违者必究。